I0613731

Couvertures supérieure et inférieure
en couleur

BIBLIOTHÈQUE
DES ÉCOLES ET DES FAMILLES

MAYNE-REID

LES NAUFRAGÉS

DE LA « CALYPSO »

Prix : 1.10

PARIS
LIBRAIRIE HACHETTE ET Cⁱᵉ
79, BOULEVARD SAINT-GERMAIN, 79

3900-96. — CORBEIL. Imprimerie ÉD. CRÉTÉ.

LES NAUFRAGÉS

DE LA « CALYPSO »

COULOMMIERS
Imprimerie PAUL BRODARD.

BIBLIOTHÈQUE DES ÉCOLES ET DES FAMILLES

MAYNE-REID

LES NAUFRAGÉS
DE LA « CALYPSO »

TRADUIT DE L'ANGLAIS AVEC L'AUTORISATION DE L'AUTEUR

PAR

Mme GUSTAVE DEMOULIN

ILLUSTRÉ DE 20 GRAVURES PAR PRANISHNIKOFF

Prix: 1.10

PARIS

LIBRAIRIE HACHETTE ET Cie

79, BOULEVARD SAINT-GERMAIN, 79

1896

LES NAUFRAGÉS

DE LA « CALYPSO »

I

LA MER! LA MER! LA PLEINE MER!

Une des routes les plus pittoresques de l'Angleterre est sans contredit celle qui conduit de Londres à Portsmouth. Elle captive par la beauté des sites et conquiert l'intérêt par les souvenirs du passé qu'elle évoque à chaque pas.

La vie semble s'être retirée de cette grande voie. On y rencontre bien, accidentellement, la berline armoriée d'un hobereau du voisinage, l'équipage moins fastueux d'un pasteur ou le modeste cab du médecin de campagne; on y voit bien encore, par-ci par-là, un lourd chariot de ferme grinçant sur ses essieux ou un riche fermier se rendant au marché dans sa pimpante charrette anglaise; mais qu'il y a loin de là à l'animation que présentait cette route il n'y a pas encore un demi-siècle, alors que cinquante

diligences rapides, attelées de quatre chevaux fougueux, faisaient incessamment la navette de la métropole de l'Angleterre au principal de ses ports de mer !
Lourdement chargées par le haut, elles couraient à fond de train, au risque de perdre à chaque instant leur centre de gravité, emportant vers Londres une troupe bruyante de joyeux « loups de mer » nouvellement débarqués d'une longue croisière, ou les ramenant s'embarquer à Portsmouth, pour affronter de nouveau la fureur des flots et braver les périls de l'abîme.

Tout cela est fini, fini depuis longtemps et pour toujours. Aujourd'hui le cheval de feu, entraînant à la remorque une longue suite de voitures bruyantes, emporte rapidement les voyageurs par un autre chemin. Son sifflement strident semble railler, du haut du remblai, l'allure traînante des voyageurs de la vieille route qui, de son ancienne splendeur, n'a gardé que sa magnifique chaussée toujours soigneusement entretenue.

Quant aux nombreuses hôtelleries disséminées sur ses bords, à de courts intervalles, ce ne sont plus que de misérables auberges, ouvertes à tous les vents, témoins déchus et honteux d'un brillant passé évanoui. Le silence règne entre leurs murailles lézardées, l'herbe couvre les pavés de leurs vastes cours, leurs écuries n'entendent plus que le hennissement des lourds chevaux de trait.

Où sont les postillons bottés, éperonnés, vêtus de couleurs éclatantes ? Où sont les hôteliers fringants, bien pris dans leur gilet à manches, leurs culottes

courtes et leurs guêtres serrées? Ils ont disparu sans
retour pour faire place à deux ou trois lourdauds en
blouse!

Parmi les vieux jalons qui marquent cette grande
route quasi déserte, il en est un auquel se rattache
une sombre et tragique légende.

Au delà de la ville de Petersfield, le chemin
monte en lacet au sommet de la chaîne crétacée
des Southdowns et contourne une espèce de cratère
de plusieurs centaines de pieds de profondeur.

Le sinistre aspect du gouffre béant suffirait à expliquer le nom de « Bol de punch du Diable » qui lui est
donné dans le pays, si le souvenir d'une tragédie
humaine ne s'était chargé de le justifier davantage.

Au bord même du cratère, se trouve un monolithe
portant une inscription qui raconte l'histoire d'un
pauvre matelot assassiné en cet endroit. Les meur-
triers avaient su faire disparaître toute trace de leur
crime en jetant le corps du malheureux dans le « Bol
du Diable »; mais la justice fut éclairée. Elle découvrit les coupables, qui furent pendus haut et court
sur le lieu même de leur forfait. C'est là, sur l'emplacement de l'arbre qui avait servi de gibet, qu'on
éleva un monument commémoratif.

Un matin du mois de juin, une heure à peine après
le lever du soleil, un jeune homme gravissait la
montée qui conduit au « Bol du Diable ».

Un brouillard épais et blanchâtre, semblable à une
atmosphère de neige, s'étendait sur la vallée du
Hampshire. Des sommets de collines et des cimes
d'arbres émergeaient çà et là, comme des récifs, du

sein de l'océan, prenant des contours qui, à peine définis, se déformaient sans cesse.

Ce phénomène, espèce de mirage particulier à la région des Southdowns, n'attirait aucunement l'attention du voyageur. Loin de l'importuner, cet épais brouillard semblait lui accorder aide et protection en le voilant à la poursuite de gens lancés à ses trousses. C'est du moins ce qu'on était en droit de supposer en le voyant, de temps à autre, jeter en arrière des regards soupçonneux.

Sûr de n'être pas poursuivi, il reprenait alors sa marche en avant, gravissant la colline d'un pas qui, si rapide qu'il fût, trahissait néanmoins la fatigue.

L'abandon avec lequel il se laissa tomber sur l'herbe dès qu'il eut atteint le sommet ne laissait aucun doute sur cette lassitude. Était-il excédé par le poids d'un lourd fardeau? Non; son bagage ne se composait que d'un léger paquet enveloppé dans un foulard. Mais la poussière qui souillait ses vêtements, la boue qui maculait ses chaussures, attestaient qu'il venait de loin et qu'il avait marché longtemps.

A cette hauteur, le brouillard, moins dense, nous permet de distinguer les traits du piéton solitaire. Oh! non, ce n'est pas un vagabond qui fuit devant la justice humaine. Sa physionomie est ouverte, franche et décidée, la crainte qu'elle exprime ne peut être attribuée au remords d'un crime.

En dépit de la profusion de boucles blondes qui encadrent son visage au teint vermeil, ce beau jeune homme présente un aspect viril. La coupe fort peu recherchée de ses vêtements décèle un enfant des campagnes. Eh oui! c'est justement cela. Notre adolescent est le fils d'un gros fermier des environs de Godalming.

Pourquoi donc se trouve-t-il seul, à pied, à cette heure indue et si loin du toit paternel? Pourquoi donc jette-t-il par-dessus son épaule des regards inquiets, comme un malfaiteur en rupture de ban? Écoutons-le se parler à lui-même pendant qu'il se repose sur le tertre où il s'est laissé tomber.

« Pourvu, murmure-t-il, qu'*ils* ne s'aperçoivent pas de ma fugue avant le déjeuner! A cette heure-là je serai rendu à Portsmouth, et, si ma bonne étoile veut que je sois accepté comme novice à bord d'un navire, j'aurai soin de ne plus me montrer à terre jusqu'au moment d'appareiller. Du reste, ce serait sans aucun risque, car mon père ne songera guère à venir me relancer là. Le vieux bailli ne manquera pas de lui raconter les feintes confidences que je lui ai faites sur mon intention d'aller à Londres, et cela le dépistera complètement. »

Le sourire de satisfaction qui avait accompagné ces paroles s'évanouit bientôt pour faire place à une expression de mélancolie.

« Pauvre chère mère! Pauvre petite sœur Émily! poursuivit-il avec un accent attendri, vont-elles se faire du chagrin! Oh! ce sera dur pour elles pendant quelque temps. Enfin, ce n'est pas comme si je ne devais plus jamais les revoir,... elles finiront par se consoler. D'ailleurs est-ce que je n'écrirai pas à la

chère maman aussitôt que je me sentirai à l'abri de
toute poursuite?

« Hélas! pouvais-je faire autrement? Mon père ne
voulait-il pas me contraindre à embrasser la profes-
sion de cultivateur, malgré la répulsion que j'ai
montrée pour ce métier? C'est bien assez d'un rustre
dans la famille, et mon frère Dick est justement
l'homme de l'emploi. Quant à moi, « qu'on me laisse
« labourer la mer, » comme dit la chanson. Oui,
voilà mon lot; voilà la carrière que j'envie, bien que
j'aie la certitude de ne m'élever jamais au-dessus du
rang de simple matelot.

« N'importe! il n'y a pas pour moi de sort comparable à celui du gaillard « loup de mer ». Parcourir
le monde en tous sens, faire chaque jour connaissance
avec de nouveaux pays, cela n'est-il pas préférable à
la vie stupide du paysan sans cesse courbé vers le
sillon qu'il creuse? Et puis! qu'est-ce qui prouve que
je ne serai jamais qu'un simple matelot? Pourquoi ne
reviendrais-je pas, dans deux ou trois ans, avec une
veste à boutons d'or? avec une casquette garnie d'un
galon étincelant? et, bien mieux, avec de sonnantes
pièces d'or plein mes poches? Qui sait? Et alors, ma
bonne mère, ma chère petite Lilie ne seront-elles pas
fières de moi? »

Le soleil, en s'élevant à l'horizon, avait bu les plus
hautes couches du brouillard, et Henry Chester —
tel est le nom de notre héros — aperçut la colonne
de pierre près de laquelle il s'était assis. Ses yeux
tombèrent sur l'inscription, qu'il lut machinalement.

Quelle coïncidence étrange! Le sort de cet infortuné matelot lui était-il réservé? Était-ce un funeste présage? un avertissement du Ciel? un reproche de sa conscience? Est-ce que, en ce moment même, un père courroucé, une mère désolée, une sœur en larmes, ne maudissaient pas son perfide abandon?

Il resta un instant hésitant entre les sentiments d'affection filiale et les désirs impérieux d'indépendance qui luttaient dans son cœur. Un mot, un seul mot de rappel l'eût ramené à Godalming, sous le toit paternel; mais il n'y avait là personne pour prononcer ce mot.

Soudain il revit dans sa pensée la grande mer avec toutes ses merveilles, et cette brillante vision le fascina de nouveau. D'un mouvement décidé il ramassa son paquet, se leva et reprit à grandes enjambées le chemin de Portsmouth. Cent pas plus loin, il atteignait le faîte de la colline et voyait toute la côte de Hampshire se dérouler à ses yeux. Au delà, la mer s'étendait à perte de vue, semblable à une nappe de cristal azuré, jusqu'à sa rencontre avec la voûte plus pâle du ciel bleu.

Dans le premier regard qu'il jeta sur l'océan, Henry Chester lui donna tout son être. L'océan pouvait dès lors le revendiquer comme son bien.

Un incident fortuit vint encore affermir le jeune homme dans sa résolution. En arrivant au bas de la colline il passa devant un parc immense, à travers les arbres duquel se profilait le splendide château de Horndean. Il eut la curiosité de demander à qui appartenait ce beau domaine, et il lui fut répondu que c'était la résidence de l'amiral sir Charles Napier.

« Et moi, ne serai-je pas aussi amiral un jour? » se demanda-t-il. Cette pensée allégea son cœur, rendit l'élasticité à son pas, et il se hâta vers Portsmouth.

II

Neuf heures sonnaient aux horloges de Portsmouth au moment où le fils du fermier de Godalming entrait dans un des faubourgs de ce célèbre port militaire.

Il ne s'y attarda point. Après s'être informé du chemin qu'il devait suivre pour parvenir jusqu'aux navires, il se dirigea en toute hâte vers Portsea, où on lui dit qu'il trouverait le Hard. Il enfila une longue rue à l'extrémité de laquelle il distingua une forêt inextricable de mâts, de vergues, de cordages, se profilant sur le ciel comme une immense toile d'araignée.

Bien qu'il n'eût jamais vu de navires qu'en modèles ou en dessins, il n'hésita pas à reconnaître tout ce qui avait fait l'objet de son culte ; ses yeux contemplaient enfin dans leur réalité les fantômes chéris si souvent entrevus dans ses rêves !

En arrivant au Hard, il aperçoit au large de grands
bâtiments se balançant mollement sur leurs ancres,
tandis que de nombreux canots vont et viennent de
l'un à l'autre. Informations prises, il apprend que ce
sont des vaisseaux de guerre; mais ceux-là ne sont
point son affaire.

En dépit de l'ambition qui lui fait espérer un instant de devenir un jour un héros naval, il goûte
peu l'idée de s'engager en qualité de matelot sur un
vaisseau de guerre; cela lui paraît ressembler trop
à un enrôlement dans l'armée. Le fils d'un gros fermier déchoir au rang de simple soldat! le moyen d'y
songer?

D'ailleurs ne sait-il pas à quel point la discipline est
sévère à bord des bâtiments de l'État, tandis qu'on a
du bon temps sur les autres navires? Quand on arrive
dans un port étranger, les matelots ont toute liberté;
ils peuvent voir le pays un peu plus et un peu mieux
qu'on ne peut le faire en regardant par-dessus les
lisses de garde-corps ou du haut des agrès! Donc,
ce qu'il lui faut, du moins pour débuter, c'est un
bon bâtiment marchand, allant de port en port, visi-
tant un grand nombre de contrées, car, il faut bien
le dire, la vocation maritime de Henry Chester est
surtout née du désir de voir le monde et ses merveilles.

Aussi, comme un baleinier répondrait à ses aspirations! N'a-t-il pas lu un de ses livres de prédilec-
tion : *la Chasse au Léviathan*, et n'aspire-t-il pas à
jouer un rôle dans un tel drame? Oui, mais Portsmouth n'est pas précisément le port où l'on puisse

faire choix d'un baleinier, car actuellement il ne s'y en trouve pas un seul.

Quant aux vaisseaux marchands, c'est une autre affaire; Portsmouth en regorge. Les uns accostent les docks pour décharger, les autres pour opérer leur chargement; ceux-ci rentrent au port plongeant jusqu'à leur ligne de flottaison, ceux-là sont affrétés et prêts à appareiller.

Ces derniers surtout attirent l'attention de Henry

Un des patrons lui tourna le dos.

qui, rassemblant tout son courage, se hasarde à bord de l'un d'eux et demande à parler au capitaine. On le lui désigne. Il s'avance et présente timidement sa requête, qui est accueillie par un refus catégorique exprimé en termes peu courtois.

Déconcerté, mais non découragé, il fait une nouvelle tentative, puis une troisième, puis une quatrième, puis une autre, puis une autre encore, jusqu'à ce qu'il ait gravi les échelles de bord de presque tous les navires dignes de ce nom.

La plupart des patrons le rudoient. L'un d'eux,

aussi brutal que grossier, lui tourne le dos en
disant :

« Notre équipage n'a pas besoin de marins échappés
du plancher des vaches. Allons, hors d'ici ! débar-
quons, et plus vite que ça ! »

Les espérances de Henry Chester qui, le matin,
étaient à marée haute, sont à présent aux plus basses
eaux.

C'est tout au plus si, dans son humiliation, le
pauvre garçon ne regrette pas d'avoir quitté le toit
hospitalier de la vieille ferme. Il en arrive même à
se demander s'il ne ferait pas mieux de renoncer à
ses chimères pour rentrer au logis, quand ses yeux
désolés rencontrent quelque chose qui change le
cours de ses idées.

C'est un pavillon dont le champ est formé de
bandes rouges et blanches alternées ; dans un angle,
un amas d'étoiles blanches se détachent sur un
champ d'azur. Ce pavillon flotte au sommet d'un
trois-mâts de six cents tonneaux qui porte inscrit à
l'arrière le nom de *Calypso*.

Pendant ses allées et venues sur le port, Henry avait
plus d'une fois passé devant ce navire sans trouver à
propos de l'accoster. Rebuté, malmené, par tant de
capitaines et de maîtres d'équipage de son propre
pays, il craignait de n'avoir aucune chance de se faire
accueillir par un Américain. Mais quand il ne lui
resta plus que cette seule espérance, il pensa que ce
navire qui portait la bannière étoilée des États-Unis
et où l'on parlait la langue de sa patrie n'était pas
tout à fait un étranger.

« Après tout, se dit-il, je puis bien faire une dernière tentative. Si l'on me repousse encore, les
choses n'en iront pas plus mal pour moi. Alors,
comme à présent, il ne me restera plus qu'à reprendre
le chemin de la maison paternelle. Ma foi, au petit
bonheur! »

Il franchit résolument l'étroite passerelle pour
monter à bord.

« Pourrais-je parler au capitaine? demanda-t-il à
un jeune homme svelte et élancé
qui se tenait debout accoté au capot
d'échelle.

— Pas en ce moment,
monsieur, car le capi-
taine est en ville pour
affaires. Cependant, si
vous vouliez me confier
ce que vous avez à lui

Henry s'assit sur une planche.

dire, il me serait peut-être possible de vous rensei-
gner », répondit l'inconnu avec une politesse pleine
de bienveillance.

Henry exposa de nouveau la requête qu'il avait
tant de fois formulée depuis le matin.

« Je suis vraiment désolé de ne pouvoir vous répondre affirmativement, en l'absence du capitaine,
qui, comme je vous l'ai déjà dit, n'est pas à bord,
reprit le jeune marin. Voudrez-vous bien prendre la
peine de revenir?

— Quand devrai-je me présenter?

— Il se peut que le capitaine soit de retour d'un
moment à l'autre. Le mieux serait de ne pas vous

2

déranger avant demain; venez à midi; alors vous le
trouverez à coup sûr. »

Henry Chester s'inclina pour prendre congé en
balbutiant quelques paroles de remercîment. Au
moment de traverser la passerelle, il s'arrêta pour
contempler une gracieuse apparition. Une charmante
jeune fille, d'une beauté élégante et suave, venait de
franchir les derniers degrés de l'escalier de la cabine.
Elle s'était approchée du jeune homme et le ques-
tionnait évidemment à propos de Henry Chester,
qu'elle désignait du regard.

Une dame d'un certain âge montait derrière elle et
vint se joindre au groupe des jeunes gens.

« C'est sans doute la femme et la fille du capitaine,
se dit le jeune Anglais. Je ne me doutais guère que
les dames pussent habiter à bord des bâtiments marchands. Encore une mode américaine! Combien tout
ce qui se passe ici est différent de ce que j'ai remarqué sur les navires que j'ai visités! Et il me faudrait
attendre jusqu'à demain matin pour connaître mon
sort! Je reste à flâner aux alentours pour guetter le
retour du capitaine; quand même je devrais me
morfondre ici jusqu'à minuit, je ne me découragerai
pas. »

Henry Chester chercha des yeux un endroit tranquille où il pût goûter le repos que lui avaient bien
gagné sa longue route à pied, ses allées et venues
par les rues, ses tours et détours sur les quais, ses
montées et descentes aux échelles accrochées au
flanc des navires.

Une pile de bois offrit au voyageur fourbu le coin

hospitalier qu'il cherchait. Il s'assit sur une planche, s'adossa à la pile, qui le dérobait à la vue des gens de la *Calypso* tout en lui permettant d'en surveiller les abords.

III

Henry Chester suivait du regard tous les passants, espérant à tout moment voir paraître le capitaine de la *Calypso*. Ce n'était pas chose facile que de reconnaître un inconnu au milieu de cette foule agitée qui encombrait le port.

Y en avait-il de ces matelots! Les uns portant jaquette bleue, pantalons d'une coupe spéciale aux marins : étroits du haut, larges du bas; chapeau de paille ou de toile cirée garni de rubans d'or ou d'argent et rejeté en arrière sur l'occiput. Les autres en costume de pilote et en surouest ou bien encore en gros maillot de laine et coiffés de bérets de tricot aux longues pattes rabattues sur leurs oreilles.

De temps en temps passait un officier de marine serré dans son brillant uniforme, portant au ceinturon l'épée qui lui battait les jarrets, ou bien un groupe de bruyants aspirants prêts au tapage et prompts aux querelles.

Voici maintenant des Turcs et des Égyptiens, reconnaissables à leurs amples tuniques, à leurs turbans, à leur fez rouge muni du traditionnel gland de soie bleue. Puis venaient des matelots de toutes couleurs, depuis le pâle Norvégien à la blonde chevelure jusqu'au noir Africain à la toison d'ébène.

Pendant qu'il s'ingénie à deviner à quelle nationalité appartiennent ces divers types, un groupe étrange vient accaparer son attention. Un homme de vingt-cinq ans, un garçon de quinze ans, une fillette de dix ans, composent le trio le plus singulier. Ces trois individus ont le corps épais et trapu porté sur des jambes courtes et grêles et surmonté d'une grosse tête. Ils ont le teint rouge-brique, les yeux obliques et noirs de jais, le nez épaté, le front bas, le menton fuyant. Leurs cheveux, noirs comme l'aile du corbeau, sont aussi raides que des aiguilles.

Les deux hommes ne sont pas des Endymions, tant s'en faut! mais la jeune fille possède un charme particulier ou plutôt une originalité qui rappelle le type des gypsies.

Ce qui semble plus étrange encore que l'étrangeté de ces trois personnages, c'est peut-être leur accoutrement à l'européenne. Les deux hommes, au carcan dans leurs faux cols empesés, sont empaquetés dans des vestons anglais, coiffés du classique chapeau à haute forme et chaussés de bottines vernies qui emprisonnent leurs larges pieds.

Le jeune garçon manie avec une certaine fatuité le jonc que tient sa main étroitement gantée.

La fillette, mise avec plus de recherche que de goût, porte une robe de percale imprimée, une ceinture de couleur voyante et un chapeau à la dernière mode. Un collier de fausses perles entoure son cou, et des bagues ornent ses doigts.

Henry Chester n'aurait peut-être pas remarqué ces trois êtres bizarres au milieu de la foule bigarrée du port s'ils ne fussent venus juste se planter devant lui. Ils tombèrent en arrêt devant la *Calypso* et, à la grande stupéfaction de Henry, ils se mirent à converser dans sa propre langue.

« Vois donc, Ocushlu! s'écria le plus âgé en s'adressant à la fillette. Ne reconnais-tu pas le pavillon que nous avons vu flotter si souvent au grand mât des navires qui viennent chez nous à la pêche des phoques?

— Oh si! je le reconnais. Et toi, Orundelico?

— Moi aussi, répondit le garçon d'un air insouciant, en faisant le moulinet avec sa canne.

— C'est un navire des États-Unis, reprit l'homme. Les gens de ce pays-là parlent la même langue que ceux d'ici, ce qui ne veut pas dire qu'ils soient frères et amis. Je sais, par les matelots de ce grand vaisseau de l'État sur lequel nous avons fait la traversée, qu'ils sont souvent en guerre les uns contre les autres.

— Bah! qu'est-ce que cela nous fait, mon cher Eleparu? Cela ne nous regarde pas! Allons, passons notre chemin. »

Et nos trois individus se remirent en marche, s'arrêtant de temps à autre pour s'extasier à l'aise sur les merveilles inconnues qui défilaient devant eux.

Le jeune Anglais ne s'extasiait pas moins à les regarder; les deux hommes l'amusaient, la fillette l'intéressait. Il se demandait qui étaient ces êtres bizarres, d'où ils pouvaient bien venir, à quel échantillon de la race humaine ils appartenaient, comment il se faisait qu'ils parlassent anglais, quels intérêts les amenaient en Angleterre. Toutefois ce grave sujet ne l'obséda pas longtemps. En dépit de ses efforts, ses membres s'assouplirent dans un mol abandon et, succombant à la fatigue du jour, à celle de la nuit précédente, il tomba dans un profond sommeil.

Le jeune fermier de Godalming dormait à poings fermés. Bercé par des rêves délicieux, il se voyait à bord d'un beau navire gouverné par un équipage d'élite, ayant pour capitaine un jeune homme aussi élégant que hardi.

Des cris discordants, mêlés à des rires grossiers, le réveillèrent en sursaut. Au lieu des visions enchanteresses qu'enfantait son cerveau fatigué, il n'avait devant les yeux qu'une réalité repoussante.

A quelques pas de lui, une douzaine de garçons déguenillés, rangés en cercle, hurlaient autour d'un groupe de gens qu'ils cachaient à ses regards et auxquels ils faisaient certainement un mauvais parti. Les agresseurs appartenaient à la race infime des *ravageurs*, qui ont pour métier de chercher des ferrailles ou autres objets dans la boue du port et à la sortie des égouts. On les désigne vulgairement à Portsmouth par les sobriquets de *rats d'égout* et *alouettes de boue*.

Henry reconnut parmi eux un mauvais drôle qui, le matin même, l'avait injurié sans motif en l'appelant : « Valet de charrue », épithète malsonnante aux oreilles d'un marin en expectative. Ayant alors d'autre poisson à frire, comme l'on dit, il avait passé outre; mais en ce moment il ressentit plus vivement l'insulte et se leva pour aller régler ses comptes.

En s'approchant, il vit avec quelque surprise que les victimes des ravageurs n'étaient autres que les trois bizarres individus au sujet desquels sa sagacité s'était vainement exercée. Ils rendaient si bien aux « rats d'égouts » la monnaie de leurs pièces en coups de poing et en coups de pied, qu'ils les avaient mis en fureur.

L'un d'entre eux surtout, un grand gaillard à encolure de taureau, se montrait plus agressif et entraînait les autres par son exemple et ses hurlements sauvages. C'était précisément le méchant garnement qui avait insulté Chester. Il bégayait affreusement, en contractant son hideux visage d'une façon d'autant plus grotesque qu'il faisait plus d'efforts pour mieux articuler. Le jeune Orundelico, qu'il venait d'apostropher du nom de « moricaud », s'emparant habilement du ridicule de son adversaire, l'imitait avec des contorsions et des grimaces si comiques, qu'il avait mis de son côté tous les rieurs de la galerie.

Le géant, dont la fureur redoublait à chaque piqûre que lui faisaient les moqueries qui le lardaient, se

rua soudain sur le nain railleur et le terrassa d'un seul
coup.

« Ti.... ti.... ti.... tiens, pr...., pr...., pr.... pe....
prends ça; vi.... vi.... vi.... vilain singe », hurla-t-il
en bégayant.

Un cri perçant s'éleva de la foule.

« Oh! Eleparu! Eleparu! Orundelico est mort! on
l'a tué! gémit la fillette.

— Non, vraiment, je ne suis pas mort, riposta
Orundelico, qui, rebondissant comme une balle, se
retrouva prestement sur pieds. Le lâche m'a pris en
traître, mais j'aurai mon tour. Allons, viens-y, brute!
dit le pygmée en défiant bravement son adversaire,
qui avait deux fois sa taille.

— Halte-là! s'écria Eleparu en s'interposant et en
cherchant à éloigner Orundelico. C'est à moi que ce
gredin va avoir affaire.

— Ce ne sera ni à l'un ni à l'autre, dit résolument
Henry Chester, qui s'avança entre les combattants,
car ce sera à moi. Allons, coquin, ajouta-t-il en faisant face au ravageur, les poings fermés, les yeux
enflammés d'indignation. Je suis votre homme.

— Qui.... qui.... qui.... qui êtes-vous? et qué....
qué.... qué.... qu'est-ce que vous vou.... vou... lez?

— Qui je suis? quelqu'un qui saura vous parler.
Ce que je veux? vous faire repentir de votre lâche
agression contre cet innocent. Dépêchons, je suis
pressé de vous traiter comme vous le méritez », poursuivit-il en s'avançant vers le bègue, qui rompit d'une
semelle.

Cette intervention inattendue avait mis fin aux

Le jeune Américain vint se placer aux côtés de Henry Chester.

hudes des ravageurs. Néanmoins ils se sentirent offensés dans la personne de leur chef.

« Tombons sur ce paysan! s'écria l'un d'eux, et donnons-lui une raclée dont il se souvienne.

— Qu'il aille au diable! dit un autre.

— Oui! Apprenons-lui la politesse et les belles manières de Portsmouth! » ajouta un troisième.

Chester allait sans doute recevoir gratuitement une terrible leçon, quand les choses changèrent d'aspect par l'arrivée inopinée d'un nouveau personnage. C'était bel et bien le jeune homme en manches de chemise et coiffé d'un riche panama, c'était l'élégant marin de la *Calypso*.

« Éclairs et tonnerres! s'écria-t-il en tombant au milieu de la bagarre comme un foudre de guerre : que signifie tout ce vacarme? Noble combat, en vérité! un pugilat où l'on est cinq contre un! Apprenez que Ned Gancy n'est pas d'humeur à rester paisible spectateur d'une lutte aussi inégale! Son tangage penche toujours du côté de la minorité. »

Et, ce disant, le jeune Américain vint se placer aux côtés de Henry Chester dans l'attitude d'un boxeur qui n'en est pas à ses débuts.

Ce renfort intimida les assaillants. A la vue des deux intrépides alliés qui leur faisaient face si résolument, soutenus d'ailleurs par Eleparu et Orundelico comme arrière-garde, ils devinrent muets de rage. Il n'était pas difficile de deviner leur désir de déguerpir au plus vite.

L'affaire semblait donc tirer à sa fin, quand Eleparu, que la jeune fille retenait par son vêtement, se dégagea d'un geste rapide. Il s'avança les bras tendus, les mains ouvertes, et, en un clin d'œil, il bondit sur le géant comme un tigre sur un éléphant. Après lui avoir fait faire volte-face, il le poussa si rudement à terre, qu'on entendit craquer ses os.

Non content de cette victoire, notre pygmée, doué d'une force herculéenne, s'empara d'un énorme pavé et, le brandissant comme une masse d'armes, il s'apprêtait à frapper le colosse qu'il avait terrassé. Mais Chester, lui saisissant le bras, évita un dénouement par trop tragique.

Précisément, à ce moment, un nouveau venu fit irruption dans la mêlée. Il saisit Eleparu par le collet de son veston et l'entraîna hors de la portée de son ennemi vaincu.

« Ho! ho! dit-il d'un ton d'autorité; qu'est-ce que cela signifie? Comment se fait-il que je vous retrouve ici tous trois, York, Jemmy et Fuegia? Pourquoi n'êtes-vous pas restés à bord, ainsi que je vous l'avais ordonné? Allons, vite, retournez à bord! »

Les ravageurs avaient profité de cette trêve pour s'esquiver en entraînant leur camarade, qu'ils avaient aidé à se relever.

Quant aux trois personnages énigmatiques, ils s'en allèrent l'oreille basse, laissant à leurs deux protecteurs, Henry Chester et Ned Gancy, le soin d'expliquer ce qui s'était passé à l'inconnu dont l'arrivée avait causé la panique des ravageurs.

C'était un officier en uniforme, portant les insignes du grade de capitaine dans la marine royale. Quelques mots le mirent au courant des péripéties de cette

Ned Gancy conduisit Chester à bord.

scène qu'il avait déjà en partie devinée. Après avoir
chaleureusement remercié les jeunes gens de leur
intervention généreuse en faveur de ceux qu'il appela
« ses protégés », il les salua avec courtoisie et reprit
sa promenade le long du Hard.

« J'imagine que vous .'avez pas dormi longtemps? demanda en souriant l'Américain à Chester.

— Qui vous a dit que j'eusse dormi? demanda celui-ci.

— Qui? personne.

— Alors comment le savez-vous?

— Comment je le sais? parce que je l'ai vu. Voyez-vous d'ici la hune du grand mât? Croyez-vous que de là on n'embrasse pas un vaste horizon? J'étais là; j'ai suivi tous vos mouvements et j'ose dire que vous avez agi en brave cœur. Venez avec moi, le capitaine est de retour et je vais vous présenter. C'est mon père. Je suis bien sûr que, à nous deux, nous trouverons pour vous une couchette à bord de la *Calypso*. Allons, suivez-moi. »

La *Calypso*.

Et il le conduisit à bord.

Le soir même, Henry soupa en famille à la table du capitaine Gancy; il dormit dans une couchette de la *Calypso*, après avoir vu son nom inscrit sur le bord en qualité de novice.

La *Calypso* était justement le navire qu'il aurait voulu choisir entre tous : un bon voilier, trafiquant avec toutes les îles du Pacifique et qui, son chargement terminé, était prêt à quitter Portsmouth et à prendre la mer.

Le lendemain matin, la *Calypso* appareillait à la première heure du jour, laissant à peine à Henry Chester le temps d'accomplir la promesse qu'il s'était faite au bord du Bol de punch du Diable, d'écrire à sa mère pour lui dire : « Au revoir! »

IV

AU SEIN DES FURIES

BATTU par la tempête, un navire lutte contre les flots d'une mer en courroux. Le vaillant équipage tente des efforts surhumains pour le maintenir au large et l'empêcher d'aller se briser sur une côte justement redoutée des navigateurs. C'est la côte occidentale de la Terre de Feu, en face de laquelle se trouve le groupe des îles Furies que défend une ceinture de récifs écumants, connus des marins sous l'appellation de « Voie lactée ».

Ces récifs, où la mer déferle avec fureur, sont si terrifiants, dit l'illustre Darwin, qu'à leur aspect les hommes de terre les mieux trempés sont frappés d'épouvante. Pendant longtemps leur sommeil reste hanté par de sinistres visions de naufrages, de périls et de mort.

Le bâtiment ne porte que des gens de mer familiarisés depuis de longues années avec les fureurs capricieuses de l'océan et cependant la crainte fait palpiter leurs cœurs et pâlir leurs visages. Leurs regards se tournent anxieux vers le rempart écumant qui, du nord au sud, s'étend à perte de vue.

Ce navire en danger n'est pas un trois-mâts-franc, mais un trois-mâts-barque, ainsi que l'indique le gréement de goélette de son mât d'artimon. Il n'est pas de dimensions colossales et ne jauge guère que six ou sept cents tonneaux.

Si le lecteur ne l'a pas encore reconnu, nous lui dirons que son arrière, qui tantôt plonge comme au fond d'un précipice et tantôt s'élève sur la crête d'une montagne liquide, porte inscrit le nom de *Calypso*. Oui, c'est bien la *Calypso* sur laquelle Henry Chester a quitté le port de Portsmouth pour commencer sa carrière de marin.

Il y a quatre années de cela et notre héros est toujours à bord; mais l'adolescent d'autrefois est devenu un vigoureux matelot. C'est lui qu'on voit en ce moment à l'habitacle, où il remplit les fonctions de quartier-maître. A ses côtés se tient un autre jeune homme, le second officier du bord, le généreux Ned Gancy, qui l'aide à la barre; car la force d'un homme est insuffisante à maîtriser la violence des vagues.

Du haut de la dunette, tout en consultant une carte marine, le capitaine Gancy jette par intervalles des regards pleins d'angoisse vers le rouf où se trouvent sa femme et sa fille; il sait que le sort de ses bien-aimées est lié au sort de son navire.

La peinture ternie de la coque, la rouille qui cerne les écubiers attestent que le trois-mâts a fait un très long voyage; on pourrait le prendre pour un baleinier revenant d'une croisière de plusieurs années.

Ce n'est pourtant pas à la pêche de la baleine que la *Calypso* a passé son temps. Sa cargaison se compose de bois des îles, d'épices, d'écailles de tortues, de nacre, de perles, de mille autres objets précieux recueillis dans les îles et les contrées riveraines de l'océan Pacifique.

Elle a relâché pour la dernière fois au port d'Hono-

Aux côtés de Henry se tient Ned Gancy.

loulou, dans les îles Havaï, et elle revient chargée de richesses qu'elle doit débarquer à New-York.

Au moment de doubler le cap Horn, des vents contraires l'ont entraînée vers la côte occidentale de la Terre de Feu, trop près des redoutables Furies. Elle est à la merci d'une mer en délire, avec la « Voie lactée » sous le vent. Ne nous étonnons donc pas des signes d'alarme que donne l'équipage. Le danger est manifeste. Si encore la coque et la voilure étaient en parfait état, on pourrait espérer sortir de la situation,

quelque périlleuse qu'elle soit! Malheureusement le
gouvernail a subi de graves avaries et deux basses
voiles ont été déchirées en lanières par la violence
du vent.

Réduit à son minimum de toile, et la barre du
gouvernail au vent, le vieux navire met à la cape
pour faire tête à l'ouragan et se tenir à distance de
cette terrible « Voie lactée » où les lames déferlent
avec rage.

Tous les efforts sont vains! la *Calypso* s'en va à la
dérive et, au moment où le capitaine ordonne de
carguer la dernière voile, un spectacle terrifiant
glace son sang dans ses veines.

Du côté de l'ouest, que ses regards inquiets ne
cessent de scruter, s'avancent trois lames mons-
trueuses. Comment la *Calypso* supportera-t-elle ce
choc? Le capitaine jette un cri d'alarme qui est
entendu. La *Calypso*, habilement gouvernée, franchit
saine et sauve la montagne écumante qui menaçait
de l'engloutir. Mais cette manœuvre qui momentanément sauve le navire de la lame le jette dans un nouveau péril en le mettant à la merci du vent. La troisième lame l'attaque par le travers et ensevelit la
lisse de tribord sous une immense cataracte, depuis
les bossoirs de capon jusqu'aux portemanteaux.

La *Calypso*, désemparée, se relève et roule sur
elle-même comme un tonneau vide. Puis, semblable
à un généreux coursier qui secoue sa crinière après
une averse, elle rejette, à travers les écubiers et les
dalots, l'écume saumâtre qui couvre le pont.

Tous les hommes sont restés ancrés à leur poste.

Un cri de soulagement sort simultanément des poitrines oppressées. Les flots furieux ont bien arraché des bossoirs l'une des embarcations, mais n'importe! L'équipage n'en pousse pas moins un hourra de triomphe. Le capitaine, secouant son surouest tout ruisselant, ne peut retenir cette exclamation :

« Bravo, ma vieille *Calypso*! Allons, camarades, rendons grâces à notre étoile qui nous a mis à bord d'un si vaillant navire! »

Hélas! le triomphe est de courte durée. Le pont et la mâture ont à peine répercuté les échos de ces clameurs joyeuses, qu'un cri de désespoir retentit :

« Nous sommes perdus! Il y a une voie d'eau dans la cale! c'est une véritable écluse! »

Un flot humain se précipite par l'écoutille de devant, la seule ouverte; les autres sont fermées de panneaux recouverts de toile goudronnée. Puis, des voix étouffées s'élèvent de l'entrepont : « C'est vrai! ce n'est que trop vrai!

— Le bâtiment est déjà à moitié rempli!

— De seconde en seconde, l'eau monte!

— Pas d'affolement! dit avec calme le charpentier Seagriff. Nous ne sommes pas dans une belle passe, mais le mal n'est pas si grand et peut encore se réparer. Il y a un trou dans la cale, c'est évident, aussi est-ce à nous d'aller plus vite en besogne que lui.

— Tout le monde aux pompes! » commande le capitaine.

Cet ordre à peine donné est exécuté. Chacun

s'escrime avec ardeur, sachant qu'il travaille à sauver sa vie.

La lutte continue, ardente, acharnée; lutte inégale, impitoyable; lutte entre l'homme et les éléments; lutte entre les vents et l'eau, lutte d'un contre deux!

Si la tempête fait rage, les hommes se multiplient : ils sont aux pompes, à la voilure, au gouvernail.

Hélas! l'issue n'est pas douteuse. L'intelligence active aux prises avec la force brutale ne peut manquer de succomber.

La *Calypso*, à moitié engagée dans la mer, n'obéit plus à la manœuvre, c'est un corps inerte qui, à chaque instant, plonge davantage.

« Enfants! s'écrie le capitaine, il n'y a plus d'espoir de sauver le navire! aux embarcations! »

Aux embarcations! ordre facile à donner, difficile à exécuter. Cependant c'est la seule chance de salut qui reste, et l'équipage, bien discipliné, bien uni, bien rompu aux manœuvres, obéit aux commandements avec zèle et promptitude; tous savent qu'un moment d'hésitation peut tout perdre.

La baleinière et le grand canot — les seules embarcations que la tempête ait oubliées — sont enfin mis à l'eau. Tous s'y précipitent sans prendre le temps d'emporter d'autres objets que ceux qui se trouvent à portée.

Il s'agit bien de prévoyance pour l'avenir, quand l'abîme est ouvert sous nos pieds! C'est un sauve-qui-peut général.

A peine tout le monde a-t-il pris place dans les

deux embarcations, qu'un effroyable coup de mer s'abat sur la *Calypso*. Le malheureux trois-mâts plonge la tête la première : il s'engouffre comme une masse de plomb, entraînant avec lui sa mâture, sa voilure en lambeaux et toute sa riche cargaison.

Le capitaine ne peut retenir un gémissement!

« Mon superbe navire! mon bon trois-mâts! ma riche cargaison, fruit de quatre années de labeur! tout a sombré! Ah! sort cruel, que t'avais-je fait? »

Pour toute réponse, il n'entend que le rugissement de la mer, le mugissement du vent, les cris stridents des fous, des mouettes, des albatros qui semblent insulter à son malheur. Les oiseaux de mer ne cessent de planer au-dessus de la scène du désastre qui va leur permettre de festoyer parmi les épaves.

V

LES NAUFRAGÉS

L e capitaine Gancy ne perdit pas un temps si précieux à se lamenter longtemps sur la perte de son beau trois-mâts et de sa riche cargaison. En présence des dangers qui menaçaient sa famille et ses compagnons, il ne pouvait y avoir place pour des regrets stériles. La mer, toujours en courroux, toujours soulevée par un vent furieux, pouvait à chaque instant faire partager aux embarcations le sort du navire.

Le gros de l'équipage, sous la conduite du timonier Lyons, avait pris place dans le grand canot.

Le capitaine, sa femme, sa fille, son fils, Henry Chester, le charpentier Seagriff et le nègre César, ex-cuisinier de la *Calypso*, s'étaient réfugiés dans la baleinière. Ces sept personnes chargeaient assez l'embarcation pour amener son plat-bord à une distance peu rassurante du niveau de l'eau. Le capi-

taine tenait la barre, ayant à ses côtés sa femme et
sa fille. Ned, Henry, Seagriff et César se relayaient
pour ramer ou pour vider à l'écope l'eau que les
vagues versaient par averses et qui pouvait à tout
moment submerger le bateau.

Vers quel point se diriger? Personne ne songe
encore à poser cette question d'un intérêt si puissant.
Pour l'instant, toutes les énergies sont concentrées
vers un but : maintenir la baleinière à flot; toutes les
aspirations tendent vers un même objet : rester à
proximité du grand canot.

Les deux embarcations luttent avec vigueur contre
les mêmes périls, mais elles sont impuissantes à se
prêter une mutuelle assistance. Chacun sait seulement que, pour défendre sa propre vie, il faut protéger celle des autres.

En dépit des efforts que font les rameurs pour
naviguer de conserve, les vents et les flots ne vont
pas tarder à les séparer. Pendant quelque temps ils
peuvent encore s'entrevoir à la cime d'une vague;
mais, bientôt, la nuit ensevelit tout dans ses ténèbres.

Toutefois, si épaisse que soit l'obscurité, la terrible « Voie lactée » apparaît toujours menaçante.
D'une blancheur de neige pendant le jour, ses redoutables récifs, déchiquetés par les vagues, semblent
incandescents pendant la nuit. De toutes les crêtes
jaillissent de véritables gerbes étincelantes de feu. Ce
phénomène de phosphorescence est un heureux avertissement qui permet aux navigateurs d'éviter un
effroyable abordage.

Fort heureusement encore, l'approche de la nuit a

Les deux embarcations luttent avec vigueur,

calmé la violence du vent, qui passe à l'ouest-nord-
ouest. Les rameurs savent fort bien que leur unique
chance de salut est de courir devant le vent et ils se
hâtent de gouverner vers le sud-est. Un courant,

On aperçoit à l'horizon un rivage.

venant du nord-ouest, active leur marche dans la
direction voulue.

Poussés par le vent, entraînés par le fleuve marin,
ils avancent si rapidement qu'avant minuit ils ont
perdu de vue la ligne lumineuse de la « Voie lactée ».
Ils respirent plus librement, bien que le péril soit
grand encore. Leur esquif est bien frêle, l'océan bien

fort et bien turbulent, et ils n'ont pour se guider ni lune, ni étoiles, ni boussole !

Au point du jour, les choses apparaissent sous un aspect moins lugubre.

La mer est encore secouée par une forte houle, mais le vent est tombé et l'on aperçoit à l'horizon un rivage.

La terre ! quelle vue consolante pour un naufragé ! Son unique pensée, son plus ardent désir est d'y poser le pied. Aussi nos infortunés, bravant ressac et récifs sous-marins, gouvernent vers ce bienheureux rivage où ils espèrent trouver le repos et le salut.

A bâbord et à tribord s'élèvent deux hauts promontoires séparés par un bras de mer au milieu duquel se trouve une île. Seagriff ouvre l'avis d'y aborder.

« Pourquoi aborder sur cette île et non pas sur la grande terre ? objecte le capitaine.

— Je vous donnerai mes raisons à un autre moment, capitaine », répond Seagriff.

Le capitaine, qui sait que le charpentier a fait plus d'une croisière à la pêche des phoques dans les canaux et les détroits de la Terre de Feu et que c'est en outre un vieux marin expérimenté et de bon conseil, n'insiste pas davantage : il gouverne droit sur l'île.

On n'en était guère qu'à un demi-mille, quand la baleinière donna contre une couche de fucus assez épaisse et assez dense pour lui barrer le passage. En naviguant alentour, on s'aperçut que la masse était divisée en deux parties par un chenal irrégulier mais praticable. On y engagea la baleinière, dont la quille s'ensabla, un peu plus loin, sur une plage unie que le flot venait doucement caresser, car il n'y a pas de brise-lames plus efficace qu'un banc de varechs.

L'île n'était en somme qu'un îlot de moins d'un mille de largeur, que dominait un mamelon s'élevant à trois cents pieds environ au-dessus du niveau de la mer. Quoique le sol fût couvert d'une végétation touffue, on n'y remarquait pas un seul arbre. La flore était presque exclusivement représentée par la *Dactylis cæspitosa*, plante herbacée de six ou sept pieds de haut, dont les feuilles, souvent longues de huit pieds, se réunissent par masses; les fleurs, formées d'épis plumeux, sont presque aussi hautes que le végétal qui les porte.

Mais nos naufragés étaient peu disposés pour l'instant à étudier la topographie de l'île et à observer la nature de ses productions. Après les violentes émotions qu'ils avaient éprouvées, après le jeûne forcé qu'ils avaient subi, ils succombaient à la fatigue et à la faim. A peine le canot fut-il amarré que le cuisinier César fut mis en réquisition.

Les provisions qui, au moment de quitter la *Calypso*, avaient été jetées à la hâte dans la baleinière, furent vite passées en revue. Elles se composaient d'un baril de biscuits, d'un jambon, de bœuf fumé, d'une petite balle de café vert, d'une boîte de thé, d'un pain de sucre, et c'était tout. Ajoutons que le triste état de ces aliments les rendait peu appétissants. Le biscuit formait une masse compacte de bouillie saumâtre; le bœuf se trouvait salé pour la seconde fois; le sucre était à moitié fondu et le thé par trop mariné. Le jambon et le café, moins avariés, réclamaient pourtant un nettoyage à fond pour prétendre au rôle d'aliments.

On retrouva par hasard, au fond du canot, une poêle à frire, une bouillotte et une cafetière.

Il ne restait plus qu'à allumer du feu. Hé! oui, rien que cela en vérité : mais comment faire du feu? S'il ne s'était agi que de l'allumer, rien de plus simple. L'hôte de la cambuse de la *Calypso*, de même que le charpentier qui était un fumeur invétéré, avaient l'un et l'autre un briquet dans leur poche. Mais où était le combustible? Nous avons déjà dit que l'île ne possédait pas un seul arbre. Le sol, recouvert de plantes vertes et humides, n'était qu'une éponge de tourbe détrempée. Le cuisinier était consterné.

« Voilà un terrible désappointement, mon vieux *Copeau*! » dit le capitaine en donnant à Seagriff le sobriquet amical par lequel on désignait le charpentier à bord. « A l'aide de ma lunette, je distingue fort bien que les collines de la grande terre sont boisées et nous aurions mieux fait d'y atterrir; au moins nous ne manquerions pas de combustible.

— C'eût été bien pis là-bas, capitaine », reprit l'ancien pêcheur de phoques, qui comprit que le patron critiquait le conseil qu'il avait donné et qu'on avait suivi. « Oui, bien pis, cent fois pis que de manger notre viande crue.

— Crains-tu quelque nouveau danger?

— Justement,... un horrible danger! Autant que

je puis en juger, nous avons abordé dans une partie
de la Terre de Feu habitée par les *Ailikolips*, qui
sont les plus brutes des sauvages et les plus féroces
des cannibales. Il n'y a pas plus de six ou sept ans
qu'ils ont tué et, qui pis est, mangé plusieurs
pêcheurs de phoques dont le bâtiment avait fait nau-
frage dans ces parages. Je ne les blâme pas de les
avoir tués, car ils étaient dans le cas de légitime
défense : les blancs les avaient traités avec une cruauté
sauvage.... Mais les avoir mangés,... c'est aller un
peu loin! Il se pourrait fort bien que nous qui
sommes innocents et qui ne leur avons point fait de
mal, nous fussions victimes de leur vengeance et
qu'ils nous fissent payer les injures et les méfaits
des autres.

— Sommes-nous donc en sûreté ici?

— Oui, tant que le vent ne changera pas, et m'est
avis qu'il ne change guère de direction autour de
cette île. Il y a bien cinq milles d'ici à la grande terre,
et les Fuégiens ne se hasardent jamais si loin dans
leurs frêles embarcations pour peu que la mer soit
houleuse. Je pense, capitaine, que nous n'avons pas
aujourd'hui à nous préoccuper d'eux.

— Aujourd'hui, soit! mais demain? mais plus
tard? murmura le capitaine en lançant un regard
d'angoisse vers sa femme et sa fille.

— Bah! capitaine, demain comme demain! chaque
jour suffit à sa peine. Présentement notre plus
grande préoccupation est de procurer à César les
moyens de faire un bon feu. A vrai dire, cela ne
paraît guère possible, mais il ne faut pas désespérer;

les choses tournent souvent mieux qu'on ne s'y
attendait. »

Et, d'un bond, le brave charpentier s'élance entre
les hautes touffes de dactylis et disparaît. Quelques
minutes s'étaient à peine écoulées qu'une exclamation joyeuse de Seagriff annonçait une heureuse
découverte.

Ned Gancy et Henry Chester coururent dans la
même direction et trouvèrent Seagriff penché vers un
buisson qu'il était en train d'ébrancher.

« Bonne fortune! criait-il, ces gommiers vont nous
procurer le combustible qui manquait.

— Belle trouvaille, en vérité! ripostèrent les jeunes
gens. Comment prétendez-vous allumer du feu avec
ces broussailles trempées comme des éponges?

— Ça me regarde, c'est mon affaire! Aidez-moi
toujours. »

Les deux jeunes gens se joignirent au charpentier,
et, après avoir ramassé chacun une grosse brassée de
rameaux, ils revinrent tout fiers vers la plage.

Seagriff tria soigneusement les ramilles les plus
fines, les frotta entre les paumes de ses mains jusqu'à
ce qu'elles fussent réduites en fibres sèches. Il roula
ensuite cette grossière filasse en lui donnant la forme
d'un nid d'oiseau, battit le briquet, inséra un morceau d'amadou enflammé dans la cavité du paquet de
filaments et fit tournoyer rapidement le tout au bout
dé son bras tendu. On entendit un pétillement de bon
augure, une étincelle brilla, et bientôt tout le paquet
fut en feu. Seagriff le plaça alors au milieu des broussailles, qui s'enflammèrent comme du bois sec. Un cri

joyeux s'échappa de toutes les poitrines. Les naufragés, étonnés et ravis, s'approchèrent de cette
flamme réconfortante. Le moins satisfait n'était pas
César. Le brave garçon sauta d'allégresse en se pré-
parant à reprendre ses fonctions culinaires.

VI

BATAILLE AVEC LES OISEAUX

GRACE aux habiles manipulations de César, le jambon redevint appétissant, et le café, convenablement grillé, composa un breuvage réconfortant et presque agréable. Quelques biscuits, moins atteints par l'eau de mer, complétèrent un déjeuner qui, de l'avis général, fut déclaré un véritable festin. N'a-t-on pas dit souvent que l'appétit est le meilleur des cuisiniers?

Pendant le déjeuner, Seagriff prit plaisir à distraire les convives en leur donnant des détails intéressants sur la plante qui leur avait rendu si à propos le plus grand service. Il leur apprit que cette espèce de gommier, qui naît spontanément aux îles Falkland et dans la Terre de Feu, doit son nom à une substance visqueuse qu'elle exsude en grande quantité. Cette résine sert à composer un baume dont les naturels font usage pour guérir les blessures. Mais, à leurs

yeux, le plus grand mérite de cette plante, c'est de
s'enflammer au contact du feu sans qu'il soit nécessaire de la faire sécher : propriété précieuse dans une
contrée que la pluie inonde cinq jours sur six.

Dans les îles Falkland, où il n'y a point d'arbres,
les indigènes font rôtir d'énormes quartiers de viande
au-dessus d'un feu alimenté par les os de l'animal
qui a fourni la chair, et c'est avec le gommier qu'ils
allument ce singulier foyer.

Comme Seagriff terminait ses explications, l'attention des auditeurs fut détournée par un spectacle
étrange.

Non loin de l'endroit où l'on avait abordé, s'avançait dans la mer une étroite langue de sable sur
laquelle des êtres bizarres se tenaient serrés côte à
côte. Ils étaient des milliers, en brassière et en
bavette blanches, alignés sur un seul rang comme les
enfants d'une école de charité attendant l'arrivée de
l'inspecteur. Seulement, nos individus ne donnaient
pas l'exemple de la même discipline et de la même
bonne tenue. Ils tendaient le cou, tournaient la tête,
poussaient des cris rauques et haletants semblables
au braiment d'un âne.

« Ce sont des manchots, dit Seagriff sans attendre
les interrogations. Il y en a bien davantage là-bas qui
plongent et pêchent au milieu des varechs; ils sortent
de la mer et y rentrent si prestement que, de loin,
on les prendrait pour des poissons bondissant hors
de l'eau.

— On les prendrait bien aussi pour des quadrupèdes, reprit un des jeunes gens. Au lieu de marcher,

de sauter ou de courir comme les autres oiseaux, ce
qu'ils ne peuvent faire à cause de leurs pieds placés
trop en arrière, ils bondissent et se laissent retomber
sur leurs moignons d'ailes, qui paraissent des pattes
antérieures.

— Il est probable que ces oiseaux nichent dans ce
fouillis d'herbes marines, observa mistress Gancy.

— Oui, madame, plus que probable, affirma
Seagriff en portant respectueusement la main à son
béret. C'est dommage que nous n'y ayons pas pensé
plus tôt, nous aurions pu nous régaler d'œufs frais à
notre déjeuner.

— Ce qui est différé n'est pas perdu, nous en
aurons au dîner », ajoutèrent Ned et Henry, qui
sentaient se réveiller en eux cette vieille passion de
dénicheurs que tous les garçons cachent au fond du
cœur.

« En effet, pourquoi pas? reprit Seagriff.

— Hé bien! allons-y.

— En route donc! s'écria l'ex-pêcheur de phoques.
A défaut de bâtons vous prendrez chacun un aviron;
moi, je prendrai la gaffe.

— A quoi bon?

— C'est ce que l'expérience vous apprendra »,
ajouta le vieux marin de ce ton mystérieux qu'il
aimait à prendre.

Les trois dénicheurs partirent d'un pas alerte et
s'engagèrent dans les varechs. Après y avoir pataugé
quelques minutes, ils arrivèrent à la limite d'un
camp de manchots de plusieurs acres d'étendue, où
se trouvaient épars des centaines de nids, si toutefois

l'on peut appliquer ce nom aux légères dépressions creusées par les oiseaux à la surface du sol.

Chaque nid était occupé par un petit manchot à moitié emplumé. Près de lui, perchée sur un monticule, se tenait sa mère occupée à sustenter l'unique objet de sa tendresse. Elle levait de temps en temps la tête d'un mouvement brusque, se tortillait le cou à droite et à gauche, toussant, crachant, nasillant et brayant comme un orateur manchot qui haranguerait une foule en plein air.

Puis, baissant le cou, elle ouvrait ses mandibules dans un énorme bâillement et tendait la gorge à son petit, qui avait attendu patiemment la fin de toutes ces simagrées, sachant bien à quoi s'en tenir sur le résultat. Finalement, il enfonçait sa tête dans le gosier maternel et se régalait à l'aise pendant une bonne minute.

Quand il ne trouvait plus rien à prendre, il retirait sa tête; la mère recommençait ses contorsions, ses cris, ses gesticulations et offrait de nouveau la pâtée à son petit. Lorsqu'elle avait épuisé ses provisions, elle laissait le jeune glouton digérer en paix et s'en retournait approvisionner de mollusques son gosier garde-manger.

Bien que Ned et Henry eussent eu l'occasion d'assister à bien des spectacles curieux pendant leur croisière de quatre années, ils n'en avaient jamais observé de plus réjouissant. Ils seraient restés longtemps encore les yeux fixés sur cette scène étrange et comique, si le prudent Seagriff ne leur eût rappelé qu'ils n'étaient pas là pour s'amuser.

Une mêlée bruyante s'ensuivit.

« Assurément nous ne trouverons plus ici un seul œuf, frais ou non, dit-il : la saison est trop avancée et j'aurais dû m'en douter.

— Alors, nous allons retourner Lredouilles?

— Non pas ; à défaut d'omelettes, nous mangerons du rôti. Les jeunes manchots ne sont pas trop
coriaces et leur chair n'a pas un goût de poisson trop
désagréable. Emparons-nous de quelques-uns de ces
intéressants nourrissons et gare à nos mollets ! »

Sans prêter aucune attention à ce sage avis, les
deux jeunes gens entrèrent sans méfiance dans l'en-
ceinte sacrée, s'imaginant qu'ils n'auraient qu'à
choisir les jeunes manchots les plus dodus. Ils furent
bientôt détrompés.

A peine avaient-ils profané le sanctuaire, qu'une
foule de vieux manchots se ruèrent sur eux, le cou
tendu, le bec ouvert, faisant claquer leurs mandibules comme des castagnettes.

Une mêlée bruyante s'ensuivit. Les cris des assaillants se mêlaient aux braiments gutturaux des
assaillis ; les coups de gaffe et d'aviron tombaient dru
comme grêle sur les pauvres oiseaux ; ils y répon-
daient de leur mieux par des coups de moignons
et des pinçons qui trahissaient énergiquement la
colère.

Tout ce tintamarre ne finit qu'avec le combat. Les
manchots, mis en déroute, abandonnèrent le champ
de bataille en y laissant beaucoup de blessés et peu
de morts, car ces oiseaux sont protégés par un crâne
solide et un épais plumage qui constituent d'excel-
lentes armures défensives.

Quant aux petits, ils ne se laissèrent pas captiver
sans protester à leur manière. Ils sifflaient comme
des oies en courroux et pinçaient rudement les
doigts. Bon gré, mal gré, ils durent céder à la force,

et nombre d'entre eux furent livrés aux mains de César, pour passer de là dans la poêle à frire.

Le dîner fut copieux. Une couple de jeunes manchots, gras et dodus, fournirent un rôti respectable, et les pousses nouvelles du dactylis, un excellent plat de légumes rappelant la saveur des asperges.

VII

POPULATION DE L'ILE DÉSERTE

Tout en festinant, les naufragés pouvaient assister aux ébats d'une multitude de ces êtres bizarres que la nature se platt à abriter dans les solitudes les plus sauvages. Tout autour des bancs de varechs, des escouades de marsouins sillonnaient la mer et folâtraient à sa surface, tandis que des phoques et des lions de mer nageaient parmi les herbes, d'où émergeaient de temps à autre leurs têtes semblables à des têtes humaines.

Des oiseaux planaient dans les airs en si grand nombre que, par instants, le ciel en était littéralement obscurci. Des aigles, des vautours noirs, des urubus, venus des Andes, tournoient à des hauteurs vertigineuses; puis ils tombaient à plomb dans la mer en faisant jaillir autour d'eux des flocons d'écume blanchâtre. Des goélands, des fous, des cormorans et une variété infinie de plongeons, pêchaient au contraire tranquillement, tout en se livrant au plaisir de la navigation.

Les faits et gestes de tout ce peuple ailé étaient si étranges et si divertissants, que, en dépit de leurs soucis passés, présents et futurs, nos malheureux naufragés ne pouvaient s'empêcher d'y prendre intérêt. Un véritable drame les tint même haletants et captivés.

Un fou venait de ramener à la surface de l'eau, pour l'y savourer à loisir, un beau poisson frétillant, quand un grand rapace, tombant du haut des airs, lui arracha du bec le poisson, qu'il emporta dans son vol rapide. Mais le voleur fut volé à son tour : un ennemi plus fort lui fit lâcher prise. Le poisson, délivré, allait retomber et revivre dans son élément, quand il fut appréhendé au corps par un quatrième larron plus avisé que les autres.

Cette suite de péripéties dramatiques, cet enchaînement non interrompu de tyrannies, de cruautés et de destructions, n'est qu'un incident vulgaire du spectacle qu'offre la nature en tout temps et en tous lieux.

Ce qui se passe dans les profondeurs de la mer, sur les bancs de fucus, est plus terrible encore! Là, les bourreaux et les victimes s'appellent légion. On ne compte pas les individus, on ne saurait nombrer les espèces. La population de ce monde marin est si variée que, pour en donner une idée, nous ne pouvons mieux faire que d'emprunter la plume éloquente de l'inimitable Darwin.

« Le nombre des êtres dont l'existence est attachée

essentiellement à celle des fucus est absolument pro-
digieux, dit l'éminent naturaliste. On pourrait écrire
de gros volumes sur les habitants d'un seul de ces
bancs d'herbes marines. L'envers de chaque feuille
est encroûté de polypiers hydraires ou coralliaires de
la plus délicate structure, et l'endroit fourmille de
petits mollusques nus ou testacés.

« Des multitudes de crustacés fréquentent toutes
les parties de la plante. Si l'on vient à agiter violemment les longues tiges enchevêtrées, on en détache
des milliers de polypes, de coquillages, de crabes,
d'étoiles de mer, d'holothuries, d'annélides, qui tombent pêle-mêle au fond de la mer.

« Chaque fois que j'ai fouillé dans une touffe
d'algues, je n'ai pas manqué d'y trouver de nouvelles
variétés d'êtres curieux et intéressants. Je ne puis
mieux faire que de comparer ces grandes forêts sous-
marines de l'hémisphère austral aux immenses
forêts vierges des régions tropicales, tout en donnant
aux premières l'avantage du nombre et de la variété
des habitants. Les algues nourrissent et abritent de
nombreuses espèces de poissons et sont, par conséquent, les pourvoyeuses des cormorans, des loutres,
des phoques, des marsouins. La destruction de ces
herbes, en causant la disparition de tous les animaux
qui y trouvent leur subsistance, multiplierait forcé-
ment les scènes de cannibalisme, jusqu'à ce que les
Fuégiens, réduits à se manger les uns les autres,
disparussent aussi de cette terre. »

Tandis que les naufragés suivaient machinalement
du regard les évolutions des oiseaux en chasse,

5

mistress Gancy fit remarquer que le banc de varechs
se couvrait de taches noires qui devenaient de plus
en plus compactes.

« Cette apparence est probablement due au reflux,
qui laisse à sec les rochers que recouvrent les
herbes marines, répondit son mari.

— Pardon, capitaine, je ne crois pas que ces
plaques sombres soient produites par des amas de
varechs, car elles se déplacent constamment. Voyez
plutôt. »

En effet, une foule de plus en plus nombreuse
d'animaux étranges, au long corps recouvert d'une
épaisse toison noirâtre, rampaient et barbotaient
parmi les herbes, au-dessus desquelles ils élevaient
leurs énormes têtes. A tout moment, de nouveaux
groupes atterrissaient sur les roches émergées, tandis
que d'autres continuaient à s'ébattre dans les flaques
d'eau restées par-ci par-là.

« Ce sont des otaries, dit enfin Seagriff dont les
yeux exprimaient une convoitise comparable à celle
du malheureux Tantale. La fourrure de chacune de
ces bêtes vaut un boisseau d'argent. Quel guignon!
avoir là, sous la main, une véritable mine d'or et ne
pouvoir y puiser! Ah! si nous avions notre bon
bâtiment, que de milliers de dollars nous pourrions
ajouter au prix de sa cargaison! Voyez comme ces
effrontés nous narguent! En vérité, ils paraissent
aussi familiers que des chats domestiques. Dire qu'il
y a là de quoi fournir de manteaux de fourrure toutes
les dames de New-York, et que nous n'avons pas une
arme à notre disposition! »

Seagriff put se lamenter à l'aise ; personne n'interrompit le cours de ses regrets intempestifs. Chacun était trop préoccupé par la gravité de la situation pour songer à exploiter la prétendue *mine d'or* signalée par le vieux pêcheur.

De quelle valeur est la richesse pour des malheureux dont la vie est à chaque instant en péril? Si nos naufragés s'étaient momentanément réjouis d'avoir échappé à la fureur de l'océan, ils avaient eu le temps d'envisager leur situation présente dans toute son horreur.

A mesure qu'ils se remettaient de leurs émotions et de leurs fatigues, ils voyaient se dresser devant eux l'avenir plus sombre, plus incertain, plus menaçant. L'îlot ne pouvait leur offrir qu'un asile temporaire ; ils n'y trouvaient aucune ressource, et les provisions ne tarderaient pas à s'épuiser ; les manchots émigreraient aussitôt que leurs petits pourraient supporter le voyage, et les pousses des dactylis, devenues des feuilles coriaces, ne pourraient bientôt plus servir d'aliment.

Il était de toute évidence qu'on ne pouvait rester longtemps sur l'îlot, mais où irait-on? D'ailleurs une incursion des cannibales n'était-elle pas à redouter?

« Je crois, dit Seagriff au capitaine qui lui exprimait cette crainte, que les sauvages n'ont jamais mis le pied sur cette île ou, du moins, qu'ils n'y sont pas venus depuis longtemps.

— A quoi vois-tu cela?

— A ces deux indices certains, répondit-il en désignant les otaries et les manchots. Si les Fuégiens

avaient coutume de venir pêcher et chasser par ici,
ces animaux, qui leur fournissent des vivres, ne
seraient ni aussi nombreux ni aussi confiants.

« Non, capitaine, croyez-moi, les Fuégiens ne viennent pas ici, et ils n'y viendront vraisemblablement
pas.

« Si seulement ce diable de ciel s'éclaircissait un
peu ! Ce maudit brouillard qui nous cache les montagnes à l'horizon ne me permet pas de dire au juste
où nous sommes. Espérons que le soleil daignera
bientôt jeter de notre côté un coup d'œil dont nous
saurons tirer profit.

— Oui, espérons ! soupira le capitaine, et que le
Ciel nous vienne en aide ! »

A la tombée de la nuit, au moment où chacun se
disposait à retrouver sa couchette d'herbages, le
capitaine, tenant embrassées sa fille et sa femme, dit
à ses compagnons d'infortune :

« Mes enfants, offrons à Dieu nos plus ardentes
prières pour obtenir notre délivrance, et n'oublions
pas de solliciter sa miséricorde pour nos camarades
du grand canot. »

Tous les cœurs répondirent à ce pieux élan, le premier peut-être qui, de cette terre de désolation, se
fût élevé vers Dieu.

VIII

UNE ALERTE

COMME si la prière du capitaine Gancy eût été entendue, la journée du lendemain s'annonça claire et sereine. Le brouillard avait disparu et le soleil brillait, radieux, dans un ciel d'azur. Ce temps splendide, phénomène rare et même merveilleux dans ces régions de nuages perpétuels, ragaillardit tous les cœurs, réconforta tous les courages. Ce fut presque en joyeuse humeur que chacun fit honneur au déjeuner.

« Mon vieux, dit le capitaine à Seagriff, nous allons mettre ce beau temps à profit pour gravir tous les deux au sommet de l'île.

— C'est une bonne idée, patron ; peut-être apercevrai-je de là-haut quelque piton de connaissance qui me remettra sur la voie ; car le diable m'emporte si je sais où nous sommes ! Cette colline me cache complètement la vue de l'est, et tout ce que je distingue, du nord au sud, m'est complètement inconnu.

— Pourquoi ne vous accompagnerions-nous pas, mon ami? demanda mistress Gancy.

— Ma foi, je n'en sais rien.

— Oh oui! cher père, emmène-nous, dit d'un ton suppliant la charmante Léoline; nous sommes, tu le sais, de bonnes marcheuses.

— Je ne demande pas mieux, mon amour. Je crois même que l'exercice, le grand air et la marche vous seront salutaires après un si long séjour à bord.

— Il me semble que cela ne nous ferait pas de mal non plus, pensa Henry Chester sans oser formuler à haute voix son désir d'accompagner la jeune fille.

— Très bien! s'écria Ned à la grande satisfaction de son ami : Henry et moi, nous serons des vôtres. Une promenade dans la montagne raffermira nos jarrets; si j'en juge d'après notre combat d'hier avec les manchots, nous n'avons pas encore recouvré nos jambes de terre.

— A vos souhaits, mes enfants! reprit l'excellent homme.

— Et César?

— Oh! César restera pour entretenir le feu.

— C'est bien dit, *bon massa*, répliqua César. Je vous suis très reconnaissant de cette attention. Je ne sens nulle envie de me fatiguer en grimpant au-dessus des précipices. D'ailleurs ne serez-vous pas tous contents de trouver, au retour, un bon dîner pour vous délasser?

— Oui, oui, nous te comprenons, cher *docteur*, dit malicieusement Seagriff en appelant le cuisinier par le sobriquet qu'on lui donnait à bord. Nous savons

tous que tu es le plus fainéant des paresseux qui se
soient jamais grillé les tibias au feu d'une cuisine
de bord. Nous te laissons la garde du foyer, du
dîner et de la baleinière. »

Les excursionnistes gravirent d'abord assez facilement la pente douce du pied de la colline, se frayant
un chemin entre les fourrés des hauts dactylis dont
les hampes fleuries se balançaient au-dessus de leur
tête. La plus grande difficulté qu'ils avaient à vaincre
était la nature du sol spongieux qui fléchissait sous
leurs pas; mais, un peu plus haut, le sol devint sec
et ferme.

A mesure qu'on s'élevait, la végétation se montrait
plus rabougrie, et n'offrit enfin qu'une herbe courte
qu'on aurait pu croire nouvellement fauchée. Sur
cette pelouse naturelle trottaient comme des lapins
des êtres bizarres, que nos gens prirent d'abord pour
des quadrupèdes, d'une espèce inconnue, mais qu'ils
reconnurent bientôt pour des manchots. Ces singuliers
oiseaux, véritables Protées qui semblent tour à tour
des poissons, des bipèdes ou des quadrupèdes, montaient et descendaient avec une vitesse prodigieuse le
long des pentes escarpées, se servant de leurs rudi-
ments d'ailes comme d'une paire de pattes supplé-
mentaires.

Ned et Henry, instruits par l'expérience, ne s'avan-
çaient qu'en prenant une attitude menaçante, prêts
à soutenir l'attaque des manchots; mais ceux-ci,
plus avisés, se rappelant sans doute la leçon qu'ils
avaient reçue la veille, décampèrent à toutes jambes
en poussant des cris d'effroi.

Un peu plus haut, on rencontra un village de pétrels. Ces curieux oiseaux, qui ont le plumage bleu-ardoise et qui sont de la taille des pigeons, se font remarquer par leurs instincts et leurs mœurs. Au lieu de déposer leurs œufs à la surface du sol, comme leurs voisins les manchots, ils les cachent prudemment au fond d'un terrier qu'ils creusent eux-mêmes à l'exemple des macareux et des hirondelles de rivage. Le sol était tellement criblé par les excavations de ces petits mineurs, qu'il s'écroulait sous les pas des promeneurs.

« Je me rappelle que les Fuégiens ont une singulière façon de s'emparer des pétrels, dit Seagriff. Ils attachent une ficelle à la patte d'un petit oiseau qu'ils introduisent de force dans un terrier, puis ils l'en retirent lentement par secousses. Le propriétaire du domicile violé ne manque pas de s'attacher à la poursuite de l'intrus jusqu'à ce qu'il l'ait mis à la porte; mais, en même temps, il se livre lui-même aux mains de l'ennemi qui l'attend au dehors. »

La montée devint tout à coup plus rapide. Le terrain qui, à distance, n'apparaissait que faiblement incliné, était en réalité presque à pic, ce qu'il fallut bien constater quand on l'aborda de près. Cette difficulté ne devait pas abattre le courage de marins éprouvés par plus d'une tempête, et les dames mêmes ne voulurent pas rester en arrière.

Le dernier étage fut peut-être encore plus pénible à franchir. C'était une sorte de ravin très escarpé, dont le fond uni et glissant était entièrement tapissé d'herbe, mais d'une herbe courte et drue, tassée et lustrée à ce point qu'on aurait pu patiner à sa surface.

« Voilà, probablement, la route que prennent les manchots, dit quelqu'un de la troupe.

— Non, riposta Seagriff, ce ne sont pas des manchots, mais des poissons qui ont coutume de passer par ici.

— Des poissons!

— Ou, si vous aimez mieux, des amphibies.

— Quelle plaisanterie!

— Je ne plaisante pas, quoique j'avoue avoir dit que c'étaient des poissons, pour rendre la chose plus merveilleuse. Même en fermant les yeux, je reconnaîtrais, rien qu'à l'odeur particulière qu'elles ont laissée derrière elles, que les otaries fréquentent ce ravin.

— Des otaries sur ces hauteurs?

— Oui, oui, des otaries; en dépit de leur air gauche, de leur allure de pataudes, elles grimpent comme des chats et n'éprouvent pas de plus grandes délices que de flâner au soleil sur les lieux élevés. J'en ai vu gravir des escarpements plus rudes que celui-ci. Elles ont rendu ce ravin si glissant à force de le fouler, qu'il nous faut avancer avec précaution. Et même, si vous voulez m'en croire, vous ferez bien d'attendre ici pendant que nous irons reconnaître le chemin.

— Bah! la route ne sera pas plus difficile pour nous que pour vous, mon brave Copeau, dit Ned Gancy. Et puis nous nous aiderons l'un l'autre. L'union fait la force. »

Ce disant, il tendit la main à sa sœur et, avec l'aide de Chester, l'entraîna sur la pente rapide.

« S'il en est ainsi, ne nous attardons pas davantage », reprit Seagriff, qui, joignant l'exemple à la parole, se mit à gravir activement, en s'accrochant aux herbes et aux anfractuosités du rocher.

Le capitaine marchait derrière avec mistress Gancy.

Seagriff, atteignant le premier le haut du ravin, laissa échapper un cri d'effroi.

« Tonnerres et tremblements de terre! s'écria-t-il, je me doutais bien de quelque chose. »

Puis, se retournant vers ses camarades, il leur cria à plein gosier :

« Gare à vous! Faites comme moi! »

Le spectacle qu'il avait sous les yeux, et qui en toute autre occasion lui aurait causé la joie la plus vive, était bien fait en ce moment pour l'épouvanter. Aussi loin que la vue pouvait s'étendre, le ravin était rempli d'otaries serrées les unes contre les autres.

Au cri d'alarme poussé par Seagriff, ses compagnons levèrent la tête avec inquiétude sans deviner la nature du danger qui les menaçait; mais, voyant leur guide s'élancer contre une des parois du ravin et s'y cramponner de toutes ses forces, ils l'imitèrent instinctivement.

Bien leur en prit. Une avalanche vivante se précipita aussitôt du haut du ravin par le chemin qu'ils venaient de quitter. Un torrent de monstres, dont la gueule béante montrait deux rangées de crocs d'une blancheur étincelante, déroula en bondissant. Ils se bousculaient, glissaient les uns par-dessus les autres, renâclaient, se mordaient, aboyaient comme une armée de bouledogues en fureur.

Heureusement, s'ils aboyaient fort, ils n'étaient pas aussi méchants qu'ils en avaient l'air. Dans leur

Un torrent de monstres déroula en bondissant.

fuite précipitée ils songeaient plus à assurer leur propre sécurité qu'à nuire à ceux qui les avaient troublés.

Quand les otaries furent toutes passées au milieu d'une effroyable rumeur, les excursionnistes, remis d'une telle alerte, reprirent leur marche en avant et ne tardèrent pas à arriver au sommet de la montagne.

Là, Seagriff se redressa de toute sa taille, et, apercevant dans la direction du nord un grand cône de neige qui dominait les montagnes environnantes, il ôta son béret, qu'il brandit au-dessus de sa tête en s'écriant triomphalement :

« Maintenant, je sais où nous sommes avec autant de certitude que pourraient me le dire toutes les cartes de l'univers. Ce cône neigeux que vous apercevez là-bas, mes amis, c'est le Sarmiento! »

IX

UNE TENDRE MÈRE

Oui, patron, n'en doutez pas, c'était bien le Sarmiento que nous apercevions hier de là-haut,
disait Seagriff au capitaine avec lequel il causait con-
fidentiellement. Je l'aurais reconnu entre mille, car
c'est le plus haut sommet de la Terre de Feu. Nous
nous trouvons donc à l'entrée de la baie de Désolation.
N'étaient ces odieuses appréhensions que vous savez,
je dirais que nous ne pouvions pas tomber en un
point plus favorable de la côte.

— Pourquoi donc?

— Parce que cette prétendue baie n'est pas une
baie, mais l'entrée du détroit des Baleiniers qui com-
munique avec celui de Darwin, lequel conduit tout
droit au canal du Beagle.

— Qu'est-ce que cela peut nous faire?

— Qu'est-ce que cela peut nous faire? Mais c'est de la
plus haute importance pour nous. Cela étant connu,

nous pourrons nous guider aussi sûrement que si nous possédions une boussole! Ce que nous avons de mieux à faire, voyez-vous, capitaine, c'est de nous diriger vers l'est, en passant par le canal du Beagle, et de longer ensuite la côte jusqu'à ce que nous atteignions la baie du Succès, dans le détroit de Lemaire. Là, nous sommes à peu près certains de trouver, sinon plusieurs, au moins un bâtiment venu à la pêche des phoques.

— Tu crois réellement que cela vaudrait mieux que de nous en aller par le nord-ouest, vers le détroit de Magellan?

— Cent mille millions de fois mieux. Pour parvenir au détroit de Magellan, il nous faudrait d'abord affronter de nouveau les Furies et lutter ensuite contre les vents et les courants contraires, tandis qu'en allant vers l'est, par le canal du Beagle, nous aurons pour auxiliaires les vents et les marées : notre navigation ne sera plus qu'une simple promenade en rivière. En outre, de ce côté, je connais par cœur la côte que nous aurons à longer.

— En admettant que tu aies raison, dit le capitaine à l'oreille de Seagriff, et lançant un regard significatif dans la direction de sa femme et de sa fille, crois-tu que nous soyons plus à l'abri, dans le Beagle qu'ailleurs, des attaques des cannibales?

— Je ne puis en jurer, répondit Seagriff à voix basse. Le danger peut être le même de ce côté que de l'autre; en tout cas, il ne saurait être pire.

— Hé bien! dit le capitaine en prenant subitement un parti, décidons-nous pour le canal du Beagle et que ce soit le plus tôt possible. J'ai beau explorer la mer à l'aide de ma lunette, je n'aperçois aucune trace de nos infortunés compagnons du grand canot.

— S'ils ont pu résister à la tempête, ils auront sûrement fait voile pour la Grande Terre.

— Dans ce cas, ils ne manqueront pas de nous apercevoir quand nous passerons au large. Puisque nous n'avons rien à gagner en restant ici, partons tout de suite. »

Le capitaine donna l'ordre du départ, et les préparatifs ne furent pas de longue durée. Tandis que les jeunes gens couraient jusqu'au camp des manchots s'emparer d'une douzaine de petits, que César embarquait avec ses ustensiles de cuisine une brassée de jeunes pousses de dactylis, le charpentier et le capitaine mettaient l'embarcation en état de tenir la mer.

Moins d'une heure après, le capitaine Gancy se trouvait assis au gouvernail entre sa femme et sa fille; César retirait la chaîne d'amarre; Ned et Henry tenaient les avirons; Seagriff repoussait la terre d'un vigoureux coup de gaffe, et la baleinière, mise à flot, emportait de nouveau les naufragés, qui, cette fois du moins, étaient convenablement approvisionnés et équipés.

Au sortir du chenal, ils eurent à lutter contre une forte barre; mais, favorisés par un bon vent, ils la franchirent heureusement.

Le ciel était serein et le Sarmiento, toujours visible, leur servait de phare.

Bien que la navigation fût pour l'instant aussi

facile que possible, le capitaine et le charpentier ne
tardèrent pas à manifester une inquiétude que rien
ne paraissait justifier aux yeux des autres. Tous
deux, anxieux, scrutaient l'horizon, le premier à
l'aide de sa lunette, le second avec le seul secours
de ses yeux perçants qu'ombrageait sa main.

« Qu'y a-t-il donc, père? demande Ned, dont l'attention fut attirée par ce manège. Seagriff et toi, vous
paraissez inquiets de quelque chose que je ne vois pas.

— Dame! monsieur Édouard, dans la situation
critique où nous sommes on peut s'attendre à tout,
et il n'est pas étonnant que de vieux praticiens comme
nous soient méfiants et soucieux de l'avenir.

— Parbleu! il n'y a pas moyen de garder plus
longtemps le secret qui nous étouffe! s'écria le capitaine. Voyez là-bas ce bateau qui se détache de la
côte.

— C'est peut-être le grand canot de la *Calypso*!

— Non, Copeau, non, dit le capitaine en passant
sa lunette à Seagriff. C'est bien une pirogue indigène,
ainsi que tes propres yeux peuvent s'en convaincre.

— Oui, il n'y a plus moyen d'en douter, dit Seagriff,
c'est parfaitement bien un canot fuégien monté par
des Ailikolips. S'il en est ainsi, nous allons en voir
de belles! »

Ces paroles n'excitèrent qu'un ardent sentiment de
curiosité de la part des autres passagers, qui igno-
raient absolument de quel danger ces sauvages pouvaient les menacer. La pirogue s'avançait rapidement
avec l'intention manifeste d'aborder la baleinière en
lui barrant le chemin.

« Puisque la rencontre est inévitable, dit le capitaine, faisons contre mauvaise fortune bon cœur; il vaut mieux affronter résolument ces gens-là, que de paraître les redouter.

— C'est bien mon avis, répliqua Seagriff. Si nous essayions de passer, leurs frondes sauraient bien nous parler pour eux. D'ailleurs ces sauvages ne viennent pas à nous avec un appareil formidable, et je doute qu'ils se soient mis sur le pied de guerre, car ils sont accompagnés de leurs femmes et de leurs enfants. »

Les Fuégiens approchèrent rapidement, gesticulant avec frénésie, remplissant l'air de clameurs discordantes. Deux d'entre eux brandissaient des peaux de phoque au-dessus de leurs têtes en articulant ensemble les mêmes syllabes à intervalles égaux.

« Bon! on demande à parlementer, dit Seagriff. On offre de troquer ces peaux contre ce que nous voudrons.

— Si c'est là tout ce qu'ils exigent, dit le capitaine, il sera facile de les contenter. Amenons la voile et mettons en panne; d'autant plus qu'avec cette brise molle nous n'avançons guère. »

Le commandement fut promptement exécuté. Le canot attendu contenait trois hommes, quatre femmes dont une portant un enfant attaché à son épaule par une courroie, trois fillettes, trois garçons de différents âges, et une douzaine de drôles de petites bêtes aboyantes plus semblables à des renards qu'à des chiens.

Les Fuégiens sont peut-être de tous les sauvages

6

ceux dont le type bestial est le plus bas placé dans l'échelle des races humaines. Avec leur épaisse chevelure désordonnée qui, retombant sur leur front, cache à demi leurs petits yeux rouges et chassieux, ils ne sont pas seulement laids, ils sont hideux jusqu'à l'épouvantement. Leur laideur est encore plus horriblement accusée, s'il est possible, par les plaques d'ocre, de noir de fumée et de craie délayés dans l'huile de phoque dont ils se barbouillent le corps et le visage. Les hommes portaient pour tout vêtement une peau disposée en bandoulière, et les femmes un tablier en fourrure de manchot.

La pirogue était grossièrement construite en écorces d'arbre cousues avec des nerfs de phoque. De chaque côté, le plat-bord était formé par de longues perches flexibles, se rejoignant par les extrémités, auxquelles étaient fixés transversalement, de distance en distance, de gros madriers qui servaient de baux d'assemblage, et divisaient le canot en trois compartiments.

Le compartiment de l'avant renfermait les harpons, les massues, les frondes, en un mot toutes les armes et les engins de pêche.

Dans celui du milieu brûlait sur une couche de sable et de tourbe un feu fumeux de bois vert autour duquel les hommes et les femmes se faisaient face. Les premiers alimentaient le feu, qu'ils ont grand soin de ne jamais laisser éteindre, parce qu'ils sont peu habiles à le rallumer et qu'ils passent la plus grande partie de leur vie dans ces pirogues.

Les femmes étaient chargées de pagayer. En toute
occasion, c'est à elles qu'incombent les besognes les
plus pénibles. Ce sont elles qui plongent, en toute
saison, à tout âge, pour détacher les coquillages
des rochers ou pour aller chercher au fond de la
mer les oursins qu'elles rapportent dans une corbeille
attachée à leur ceinture. Les Fuégiennes sont, de
toutes les femmes sauvages de l'Amérique, celles
dont le sort est le plus dur et la condition la plus
misérable.

Le compartiment de l'arrière renfermait pêle-mêle
les filles, les garçons et les chiens. Tout cela gesticulait, hurlait, aboyait, poussait des cris aigus et
gutturaux qui constituaient un charivari des plus
discordants.

A un signe de Seagriff, qui parvint à leur faire
entendre quelques mots dans leur propre langue, ils
se calmèrent et le trafic commença.

Les précieuses fourrures de loutres et de phoques
sont promptement échangées contre des ferrailles
rouillées retrouvées par hasard sur le parquet de la
baleinière.

Quelques bouteilles cassées, une couple de boîtes
à sardines vides, des boutons, des loques de couleur, sont reçus avec une satisfaction évidente par
les Fuégiens, persuadés qu'ils ont gagné en jouant au
plus fin avec les hommes blancs.

Quand leur stock de marchandises est épuisé, leur
avidité en éveil leur fait proposer la vente de leurs
engins de pêche et de leurs armes. Seagriff n'hésite
pas : il achète tous les harpons, toutes les frondes,

toutes les massues, à la stupéfaction du capitaine qui se demande ce que le vieux pêcheur fera de toutes ces non-valeurs.

Les femmes, plus cupides encore que les hommes, se dépouillent de leurs ornements et même des précieux colliers de nacre qui font leur orgueil. L'une d'elles convoite le crêpe de Chine rouge qui entoure le cou de Léoline; elle dégage de ses liens le marmot attaché à ses épaules et le présente à la jeune fille avec accompagnement de grimaces engageantes et de mines suppliantes.

« Que veut donc cette femme? demanda mistress Gancy.

— Elle offre son mioche à miss Gancy en échange de son fichu rouge, répondit le charpentier.

— Oh ! Seagriff, que dites-vous? s'écria la jeune fille indignée. Une mère, troquer son enfant contre un chiffon ! C'est impossible, si sauvage qu'elle soit!

— C'est pourtant la pure vérité, miss; et cette mère dénaturée n'est pas la première à qui soit venue cette pensée. Les Fuégiennes sont coutumières du fait. »

La mère, voyant son offrande repoussée, jeta son enfant au fond de la pirogue et se pencha vers Léoline dans l'intention de lui arracher l'objet de sa convoitise. Mais Henry Chester repoussa du bout de sa rame la Fuégienne, qui jeta un cri de rage. Ses compagnons firent chorus et remplirent les airs de hurlements menaçants.

Grâce à la prudente sagacité de Seagriff qui les

avait si habilement dépouillés de leurs armes, leur colère resta impuissante.

Sous l'impulsion donnée par quatre rameurs vigoureux, la baleinière s'éloigna, laissant les Fuégiens exhaler en pure perte leurs malédictions et leurs menaces de vengeance.

X

SAUVÉS PAR UNE TROMBE

Ouf! s'exclama Seagriff avec un soupir d'allégement quand tout danger fut passé. Nous leur avons gentiment faussé compagnie ; et, par ma foi, nous l'avons échappé belle! Bien nous a pris de les débarrasser de leurs frondes, sans quoi ils ne se seraient pas fait scrupule de nous casser la tête.

— Ah! vieux malin, je m'étonnais aussi de te voir attacher tant d'importance à la possession de harpons grossiers et d'armes sans valeur, dit le capitaine. Je comprends, à présent, tes raisons, et je m'aperçois que tu n'as pas fait un marché de dupe, mon brave Copeau.

— Bah! qu'avions-nous à craindre de ces misérables créatures? s'écria Henry Chester encore surexcité par l'émotion qu'avait éprouvée Léoline. Cinq gaillards comme nous auraient eu bien vite raison de ces trois hommes.

— Alors, vous comptez pour rien les femmes et les enfants, monsieur Henry? demanda Seagriff.

— Naturellement.

— Et vous avez tort. Les femmes se battent aussi courageusement que les hommes. Il n'y en a pas une seule qui, dans un combat régulier, reculerait devant le plus robuste d'entre nous. Quant aux enfants, ce sont de véritables animaux féroces. J'ai vu un bambin se ruer sur une baleinière remplie de vieux loups de mer aguerris qui, croyant à un jeu, ne voulurent point lui faire de mal, et se trouvèrent bel et bien couverts d'atroces blessures. Or vous n'ignorez pas que toutes nos armes sont au fond de la mer avec la *Calypso*, et que nous en sommes réduits à nos seuls couteaux. Pauvre secours contre leurs frondes et leurs harpons!

— Oh! protesta Chester.

— Il n'y a pas de : « oh! » Un couteau est une bonne arme pour frapper de près; mais à distance, qu'en peut-on faire? Si je ne leur avais pas enlevé leurs harpons, qu'ils lancent avec la plus grande adresse, nous aurions fait tout simplement l'office de pelotes pour les ficher, ni plus ni moins que des épingles.

« Ces misérables frondes, qui n'attirent que votre mépris, n'en sont pas moins des armes redoutables entre leurs mains. Les pierres qu'elles lancent atteignent un but placé à cent mètres avec autant de précision qu'une balle de fusil.

— En tout cas, nous devons nous féliciter de leur avoir échappé, dit le capitaine d'un ton grave.

« — Sans doute; mais... leur avons-nous échappé? voilà la question, reprit Seagriff. Je crains bien que nous n'ayons pas vu leurs laides faces pour la dernière fois. »

Tout en parlant, ses yeux ne quittaient pas la pirogue, où il semblait remarquer avec inquiétude quelque chose d'insolite.

« Là! ne l'avais-je pas dit? s'écria-t-il.

— Qu'y a-t-il donc?

— Ah! les canailles, je m'en doutais! C'est un tour de leur façon. Les voilà qui font des signaux. Voyez-vous cette fumée blanche et épaisse qui s'élève de la pirogue! ils l'ont produite à dessein en jetant des herbes mouillées sur le feu; et là-bas, en face, à droite, à gauche, au loin, de tous les points de la côte, des signaux semblables y répondent. Ces spirales de fumée leur servent de sémaphores; c'est une manière de télégraphier pour demander du renfort.

— Cela pourra finir mal pour nous, murmura le capitaine en scrutant le rivage.

— Le fait est que nous ne sommes pas dans une belle situation, confirma Seagriff. Il nous faut passer entre l'île Burnt à bâbord et l'île Catherine à tribord, habitées l'une et l'autre par les Ailikolips; nous n'avons pas d'autres routes que cet étroit chenal. Si nous pouvons l'enfiler avant qu'ils nous barrent le chemin, nous avons quelque chance de ne leur montrer que la coupe de notre étambot.

— De tous les points où s'élève une fumée blanche, une pirogue se détache du bord et pousse

au large », dit le capitaine qui observait la côte à
l'aide de sa lunette.

Tous les yeux purent bientôt distinguer une vingtaine de pirogues se dirigeant vers la partie la plus
resserrée du détroit, dans l'intention évidente d'intercepter le passage à la baleinière.

« Appuyez à tribord! cria Seagriff au capitaine,
qui tenait le gouvernail, et tenez-vous au plus près
de l'île Catherine. Si nous passons avant qu'ils nous
aient rejoints, nous sommes sauvés. Une fois sortis
du chenal, nous aurons le vent pour nous et nous
pourrons marcher à la voile.

— Je me demande si nous ne ferions pas mieux de
virer de bord et de retourner sur nos pas, dit le capitaine. En arrière, la sortie est libre.

— Oui, libre des obstacles qui sont en avant! Ne
voyez-vous donc pas que, aussi loin que la vue peut
s'étendre, s'élèvent les mêmes colonnes de fumée?

— Tu penses qu'il est réellement plus sage de
tenter le passage?

— C'est notre seule chance de salut.

— Eh bien, mes enfants, il faut passer! cria le
capitaine aux rameurs. En avant! Nagez ferme! »

Les braves gens n'avaient nul besoin de cet ordre.
Le corps penché, la respiration haletante, les muscles
tendus, ils faisaient pour ainsi dire voler la baleinière
à la surface de l'eau.

Dans tout le cours de leur longue croisière, les
naufragés ne s'étaient jamais trouvés en si grand
péril; non, pas même pendant cette terrible tempête
qui avait englouti leur navire.

A mesure que les pirogues approchaient et qu'on les distinguait mieux, on put remarquer qu'elles étaient montées par des hommes de l'aspect le plus farouche.

« Cette fois, leurs intentions ne sont pas douteuses, dit Seagriff; ils n'ont avec eux ni femmes, ni enfants. Ces grandes plumes blanches fichées dans leur tignasse, ces visages barbouillés de craie comme ceux des clowns,... mauvais signes! C'est le costume de guerre au grand complet. »

Les deux haies, formées par les pirogues échelonnées, se resserraient constamment, rétrécissant le passage de la baleinière, qui perdait de plus en plus la chance de gagner cette terrible course.

« Et dire qu'il ne s'en faut que de deux longueurs de câble pour que nous soyons hors de ce maudit chenal! soupira Seagriff.

— Courage, enfants, courage! disait le capitaine entre ses dents; encore un dernier effort et nous passerons. »

Les braves matelots! avec quelle vigueur ils plongent et relèvent leurs avirons! Le danger décuple leurs forces, l'embarcation bondit sur les flots. Un grand nombre de pirogues sont distancées; elles ne sont plus à craindre, mais à chaque instant, d'autres, à l'avant, se détachent du rivage.

Les Ailikolips, debout sur le plat-bord et sur les baux d'assemblage, poussent des hurlements rauques, des glapissements aigus; ils brandissent leurs harpons au-dessus de leurs têtes, ils font tournoyer leurs frondes d'un air menaçant. Ces cris de défi, ces gestes furieux, ces faces blafardes, les font ressembler plus à des spectres infernaux qu'à des êtres humains.

Une pierre et un harpon tombent à l'eau, tout près de l'embarcation; puis une seconde pierre vient ricocher contre le mât.

Le capitaine étend le bras pour protéger les pauvres femmes épouvantées qui s'attendent à tout moment à recevoir un coup mortel.

« Juste ciel! s'écrie-t-il, nous laisseras-tu lapider par ces misérables?

— Non, capitaine, voici la miséricorde céleste qui vient à notre secours », dit Seagriff en désignant l'île Burnt.

Tous les regards se portent de ce côté et l'épouvante des naufragés redouble en voyant l'eau se soulever en violents tourbillons, qui lancent des jets d'écume à une immense hauteur.

« C'est une trombe! c'est une trombe! s'écriait Seagriff du ton satisfait dont il aurait crié : Victoire.

— Mais nous sommes perdus!

— Non! non! Ce météore, qui dans toute autre circonstance causerait notre effroi, est aujourd'hui le bienvenu. C'est notre sauveur! Regardez plutôt les pirogues. »

Là, changement à vue. Les Fuégiens, que ce phénomène frappe toujours d'une terreur superstitieuse, n'eurent pas plus tôt aperçu la colonne d'eau tourbillonnante, qu'ils devinrent muets comme des poissons, lâchèrent leurs armes et se jetèrent à plat ventre au fond de leurs embarcations.

L'embarcation bondit sur les flots.

« C'est une trombe ! »

« Et maintenant, mes enfants, profitons de l'effarement de ces imbéciles. Encore quelques coups d'avirons et nous n'aurons plus rien à redouter ni d'eux, ni de la trombe. »

La colonne liquide passa par-dessus les chaloupes et n'atteignit la baleinière qu'après avoir dépensé la plus grande partie de sa violence. Les Fuégiens, voyant le danger passé, reprirent toute leur assurance et recommencèrent de plus belle leur vacarme et leurs appels de combats.

Vaine colère, rage impuissante, la trombe avait mis entre eux et leurs ennemis une distance qu'ils ne pouvaient plus rattraper. A chaque instant les rameurs gagnaient de l'espace, et, la brise tant désirée enflant la voile, l'embarcation courut rapidement vers le détroit des Baleiniers. Les pirogues n'apparurent bientôt plus que comme des taches noires.

« Sains et saufs! s'écria Seagriff avec joie. Maintenant, nous ne craignons plus rien de ces affreux cannibales. Ils n'auront garde de nous poursuivre par ici.

— Que Dieu soit loué! dit gravement le capitaine, les yeux levés au ciel dans un pieux élan de reconnaissance. Son bras puissant ne s'est jamais montré plus secourable envers de pauvres mortels. Rendons-lui grâces! »

Puis, attirant sur son cœur sa femme et sa fille, il les serra, silencieux, dans une affectueuse étreinte. Ce n'était donc pas le dernier embrassement qu'il leur donnait sur cette terre!

XI

LA TERRE DE FEU

La nuit est venue, et les naufragés ne songent pas à atterrir. Ils ne sont pas poursuivis, c'est évident, mais tout danger est-il passé?

Non; l'ennemi veille toujours. Tout le long des côtes du détroit brillent des feux qui sont des signaux de nuit comme les colonnes de fumée blanche sont des signaux de jour. Les uns sont allumés sur la plage, les autres étincellent sur le flanc des falaises et même sur le sommet.

Voilà ce qui se passait déjà il y a trois siècles et demi lorsque Magellan, après avoir découvert le détroit qui porte son nom, passa devant cette Terre inconnue qu'il baptisa à cause de cela du nom de Terre de Feu.

« A quelque chose malheur est bon! dit le capitaine. Ces feux, qui attestent la rancune persistante et implacable des sauvages, et nous révèlent leurs

7

desseins, sont autant de fanaux pour nous guider dans
cette obscure nuit.

— Et cette obscurité même nous met à l'abri de
leur poursuite, reprit Seagriff. Continuons donc notre
marche en avant jusqu'à ce que nous n'apercevions
plus, de près ou de loin, la moindre étincelle pendant
la nuit ni la plus légère fumée pendant le jour. Si
nous nous attardions dans la passe étroite qui conduit
au détroit de Darwin, les Fuégiens seraient bien vite
à nos trousses. »

Heureusement la baleinière, enveloppée par les
ténèbres, poursuivit sa course entre deux rangées de
lueurs qui continuaient à lui dénoncer la présence de
l'ennemi.

En arrivant dans la partie resserrée que forme
l'entrée du détroit de Darwin, un brouillard se leva
fort à propos pour qu'il fût possible de passer tout
près de la côte sans être aperçu. Enfin au point du
jour on avait pénétré dans le détroit.

Le capitaine, qui avait braqué lentement sa lunette
le long des rivages, ne découvrit aucune trace de
fumée, ce qui prouvait suffisamment qu'on était sorti
des funestes parages habités par les Ailikolips.

Le vent étant favorable, on continua à naviguer
vers le canal du Beagle, et l'on mouilla dans une
petite rade abritée et tranquille.

Les naufragés eurent tout le temps d'établir leur
campement avant la tombée du jour.

Au fond de la baie, une anfractuosité de la falaise
formait un hangar naturel assez vaste pour y remiser
tout l'avant de la baleinière.

A côté se trouvait une plage étroite et libre, le reste de la côte étant occupé par des arbres et des buissons dont les branchages retombaient dans l'eau. Ce coin paisible était bien fait pour offrir un asile à de pauvres gens à qui le repos était si nécessaire. Quelles fatigues corporelles, quelle surexcitation nerveuse leur avait causées la chasse à courre à laquelle ils avaient échappé la veille !

Tous mouraient de faim. Soit qu'ils n'en aient pas eu le temps ni le désir, soit qu'ils n'en aient pas eu la présence d'esprit, ils n'avaient pris aucune nourriture depuis leur départ de l'îlot.

Cette fois, rien de plus aisé que d'allumer du feu, il n'y avait qu'à faire des fagots : le bois abondait partout.

Tandis que César procédait aux apprêts du repas, les autres s'employèrent à construire une tente, en étendant la voile au-dessus des avirons fichés en terre.

Lorsqu'ils eurent réparé leurs forces et pris les dernières dispositions pour la nuit, les naufragés, assis autour du feu, eurent le loisir de contempler le paysage qui, jusqu'ici, n'avait guère appelé leur attention.

Ce paysage était bien fait pour les captiver. Ils se trouvaient dans un site des plus pittoresques, bien différent de l'idée qu'on se fait en général des paysages de la Terre de Feu.

La baie, en forme de fer de cheval, est entourée de collines boisées dont les flancs escarpés disparaissent sous une végétation luxuriante et variée.

De beaux arbres, de grands hêtres touffus, des bouleaux, des conifères, des lauriers à l'écorce aromatique, élèvent leurs têtes au-dessus des arbousiers, des épines-vinettes, des fuchsias, des groseilliers à fleurs et des fougères.

Le bras de mer, large à peine d'un mille et sur lequel s'ouvre la petite baie, est limité par une falaise haute de plus de cent pieds, que découpent des gorges profondes couvertes de végétation.

Au-dessus de la falaise se profilent, à l'arrière-plan, une succession de pics dominés par un grand cône neigeux : c'est le mont Darwin enveloppé dans son épais manteau de neiges éternelles.

Entre la falaise et la ligne des neiges règne une large bande de verdure entrecoupée de torrents bleuâtres et silencieux. Ce sont des glaciers, véritables fleuves figés au milieu de leur cours; ils remplissent les failles du terrain rocheux et s'avancent en surplombant au-dessus de la mer.

Des torrents, en pleine activité, produits par la fonte des neiges, tombent en cascades sur les flancs boisés des ravins, contrastant heureusement par leur éclat cristallin avec la sombre verdure du feuillage.

Deux cascades symétriques s'élancent d'une hauteur vertigineuse, en décrivant une courbe pour se réunir, au fond d'une gorge, dans une vasque naturelle qui déverse son trop-plein sous la forme d'une cataracte tombant dans la mer. L'eau acquiert, dans sa chute profonde, une telle force, qu'elle se pulvérise en frappant la surface des flots et rejaillit en vapeurs blanchâtres.

Tel est le splendide panorama qui se déroule aux yeux émerveillés des naufragés. En présence de ce magnifique spectacle, ils oublient leur abandon ; ils subissent involontairement le charme de cette nature sauvage qui semble leur avoir réservé le trésor de ses merveilles.

Comme si tous les enchantements devaient se réunir dans ce coin perdu de la terre, les perroquets, les colibris bavardent et gazouillent au-dessus de leurs têtes, voletant, sautant, parmi les lauriers et les fuchsias.

Du fond des retraites inaccessibles de la forêt, le pic à tête noire fait entendre son cri étrange auquel répond, comme un écho, le cri perçant d'un martin-pêcheur perché sur une branche morte au-dessus de l'eau.

Une foule d'oiseaux, pêcheurs et plongeurs, vont et viennent, à la surface tranquille de la mer. Un troupeau de pélicans aux aguets, le cou rengorgé, le bec en arrêt, nagent dans la baie, dont leurs yeux sondent les profondeurs. De temps en temps, leur cou se détend comme un ressort, la tête plonge et reparaît bientôt, ramenant un poisson entre les mandibules. Aussitôt une nuée de mouettes larronnes voltigent autour des pêcheurs, en épiant leurs moindres mouvements.

Or, comme le pélican lance toujours en l'air le poisson qu'il a pris afin de le rattraper, quand il tombe, la tête la première, il arrive souvent que la proie, au lieu d'entrer dans la poche du bec prête à le recevoir, est appréhendée pendant sa pirouette par des mouettes,

qui s'envolent en se la disputant. Alors, le pélican
volé recommence à pêcher sur nouveaux frais, sans
témoigner aucun dépit.

Enfin, ainsi que dans une féerie, le plus beau décor
est réservé pour le dernier tableau. Un splendide spectacle succède à ces scènes. La nuit, en tombant,
n'amène point avec elle des ténèbres épaisses, mais un
doux crépuscule qui semble une prolongation du jour.
Ce phénomène merveilleux, dû à la réflexion des rayons
solaires sur les glaciers des hautes montagnes, fait
resplendir le ciel d'une lueur fantastique semblable à
celle des aurores boréales.

XII

CATASTROPHE

Quand le soleil du lendemain se leva radieux, Ned Gancy et Henry Chester étaient debout, se plaisant à suivre du regard les curieuses manœuvres d'un cormoran.

Sans se soucier des spectateurs, l'oiseau pêcheur s'était aventuré jusqu'au fond de la baie où plongeait l'arrière de l'embarcation. Il poussait devant lui un malheureux poisson à demi mort; il le prenait dans son bec, le laissait aller, le rattrapait, le lâchait encore pour le ressaisir de nouveau.

« Ce cormoran joue avec son poisson absolument comme un chat avec une souris, dit Henry Chester.

— Oui, répliqua Ned avec quelque différence : cette fois le drame aura un autre dénoûment, car ce ne sera pas le chat qui mangera la souris.

— Qui sera-ce donc?

— Nous-mêmes. Je me suis mis en tête d'ajouter

ce poisson au menu trop restreint de notre déjeuner,
et nous le mangerons. »

Ce disant, il se dépouillait de ses vêtements et se
jetait à l'eau.

Le cormoran, effrayé, s'enfuit, abandonnant sa
proie à Ned qui n'eut pas de peine à s'en emparer.
C'était une espèce de saumon de petite taille, de deux
livres environ, dont l'exquise saveur fut appréciée de
tous, selon ses mérites.

Après une bonne nuit et un excellent repas, les
naufragés se trouvèrent dispos, réconfortés et capables
de jouir du spectacle qui les attendait.

Le soleil, en s'élevant dans le ciel, avait éclairé
richement la scène et donnait à toutes choses un
aspect encore plus pittoresque. Le manteau de neige
du Darwin avait perdu sa blancheur éclatante, pour
prendre de chaudes teintes roses et dorées.

A leur sommet, les glaciers passaient de l'azur pâle
au vert tendre, tandis que leur base se teignait d'in-
digo mélangé de carmin et que les roches d'opale
tranchaient vigoureusement sur la verdure sombre
des ravins.

« Oh! maman! n'est-ce pas admirable? s'écria
Léoline en contemplation devant une telle splendeur.
Que ne puis-je reproduire dans un croquis ces mer-
veilles pour en fixer à jamais le souvenir! »

Mrs. Gancy ne répondit que par un faible sourire
à cet élan d'enthousiasme. La tendre mère n'avait pas
encore eu le temps de se remettre des terribles émotions dont elle avait souffert plus pour sa fille que
pour elle-même. Les encouragements de son mari et

de Seagriff ne pouvaient la rassurer. Elle devinait qu'ils n'avaient l'un et l'autre que l'espérance, et non la certitude, d'un meilleur avenir, et que, sans tenir compte des dangers fortuits, la rencontre d'autres tribus hostiles était encore à craindre.

S'il était vrai que Seagriff n'eût plus d'appréhensions, pourquoi donc paraissait-il si anxieux?

Assis sur un tronc d'arbre, la pipe entre les dents,

Ned se dépouillait de ses vêtements.

il envoyait des spirales de fumée dans les branches de laurier qui retombaient au-dessus de sa tête. Au lieu de fumer avec sa placidité habituelle, il tirait de sa pipe des bouffées rapides et saccadées; les muscles de son visage étaient agités par des mouvements nerveux qui n'exprimaient pas la satisfaction d'un fumeur insouciant.

« Que considères-tu donc avec tant d'attention, mon vieux Copeau? demanda le capitaine qui avait remarqué sa préoccupation.

— Ce grand glacier qui nous fait face.

— Que lui trouves-tu de singulier?

— Il me paraît saillir de la faille où il était incrusté, plus que je ne le voudrais.

— De quoi vas-tu t'inquiéter?

— Permettez-moi de lui jeter un coup d'œil au travers de votre lorgnette, capitaine : mes vieux yeux ne sont plus accoutumés à cette neige qui les éblouit.

— Jette-lui tous les coups d'œil que tu voudras, mais je me demande d'où vient l'intérêt que tu portes à ces masses de glace. »

Pour toute réponse, Seagriff prit la lunette que son patron lui tendait et se mit à examiner attentivement le glacier.

« Parbleu ! s'écria-t-il avec un accent de découragement, mes craintes n'étaient que trop justifiées! la glace n'adhère plus à la roche.

— Encore une fois, qu'est-ce que cela peut nous faire?

— Beaucoup de mal, capitaine.

— Explique-toi.

— N'est-ce pas une chose surprenante, reprit Seagriff en s'adressant au groupe qui s'était formé autour des causeurs, que ces amoncellements de glace qu'on croirait aussi solidement fixés que la roche qui les supporte soient doués d'un mouvement de translation continue? C'est pourtant bien vrai! Ces glaciers coulent comme de véritables fleuves, quoique des milliers de millions de fois plus lentement.

— Si c'est là ce que tu prétends nous apprendre, mon vieux, dit le capitaine, nous sommes là-dessus aussi savants que toi.

— D'accord. Mais, ce qui vous est peut-être moins

connu, c'est la façon brutale dont les glaciers lancent des icebergs à la mer. Les simples pêcheurs de phoques savent, là-dessus, bien des choses ignorées des savants de cabinet.

— Instruis-nous donc, Seagriff, dit le jeune Ganey, qui, comme tous les autres, commençait à s'intéresser à la conversation.

— Vous savez aussi bien que moi que l'eau de la mer est plus chaude que la glace. Or, à marée haute, le pied du glacier plonge dans cette eau, qui exerce lentement sur lui une action dissolvante. A marée basse, au contraire, le glacier se trouve comme suspendu; il ne prend plus son point d'appui sur l'eau. C'est alors que l'action de la pesanteur qu'il subit plus fortement amène sa rupture et précipite sa chute.

— Nous comprenons tous cette explication rationnelle de la formation des icebergs, dit Chester.

— Oh! que j'aimerais à en voir un se lancer à la mer! s'écria Léoline. Quel plongeon!

— Oui, miss, un fameux plongeon, en vérité. Dieu veuille que nous ne soyons pas témoins de celui-ci. Vous voyez bien la baleinière?

— Sans doute.

— Elle vous paraît là, n'est-ce pas, aussi en sécurité qu'un cheval à l'écurie? Eh bien, je regrette que nous ne puissions la faire grimper plus haut. Si ce glacier, qui vous semble inoffensif, se permettait de lancer un iceberg de grande dimension, il pourrait bien nous priver de notre embarcation.

— Comment cela?

— De deux manières : soit en la submergeant, soit en l'écrasant et en la mettant en pièces. »

A ce moment, un craquement semblable à une bordée de coups de canon ou à un roulement de tonnerre ébranla les airs.

« Que les femmes grimpent vite au plus haut du fourré ! » cria Seagriff.

Une masse énorme de glace venait de s'écrouler et de se précipiter à la mer avec un fracas épouvantable. Une vague monstrueuse, précédée de flots d'écume, s'avançait vers la baie, à travers le détroit.

« Au bateau ! au bateau ! » hurla Seagriff en courant à la grotte où était amarrée la baleinière.

En admettant que ces cinq hommes eussent le temps de dégager l'embarcation, comment pourraient-ils la porter à force de bras sur le massif de roches, hors d'atteinte de l'eau ?

Cependant le flot approchait, grondant et menaçant.

Les cinq hommes se cramponnèrent de toutes leurs forces à l'avant de la baleinière, espérant la retenir assez pour empêcher la lame de l'emporter dans son reflux.

Hélas ! il est des circonstances où le courage et l'intelligence ne sauraient lutter contre la force brutale et aveugle ! La baleinière, violemment lancée contre la voûte du rocher, rompit ses amarres.

« Lâchez tout ! Sauve qui peut ! » s'écria Seagriff.

Le malheureux Henry Chester, qui n'a pas entendu ce cri d'alarme, reste accroché à l'embarcation.

« Horreur ! Henry est perdu ! » s'écria Léoline épouvantée.

Ce cri trahit l'angoisse générale; le désespoir se peint sur tous les visages.

Mais non! Henry Chester n'est pas perdu! L'agile matelot a conservé sa présence d'esprit dans ce grand péril; il lâche le bateau qui l'entraîne et, d'un bond vigoureux, s'élance vers un buisson, qu'il saisit énergiquement.

La lame passe par-dessus lui et l'inonde. En se retirant, elle le laisse suspendu au buisson sauveur, que la tempête a ployé, mais n'a pas déraciné.

Pendant ce temps, les vagues furibondes emportent l'embarcation, qui rebondit contre les roches en craquant et en gémissant.

Ned et Henry, espérant encore la rattraper, vont se jeter à la nage pour courir après elle, quand la voix du capitaine leur crie:

« Arrêtez, enfants! ne vous exposez pas davantage. L'embarcation fait eau, elle est perdue sans espoir! »

Ce n'était que trop vrai. La baleinière, blessée à mort, s'enfonçait comme une éponge; et bientôt un léger remous indiqua seul la place où elle avait disparu.

XIII

Aucune perte, si ce n'est la vie d'un des leurs, ne pouvait être plus cruelle pour les naufragés que celle de leur embarcation. Ce malheur qui aggravait tous les autres les laissait plus abandonnés que jamais en les confinant dans une île déserte.

Ils se trouvaient, il est vrai, dans un lieu que la nature embellissait de toutes ses séductions, mais tous savaient, et Seagriff mieux que les autres, que cette jouissance serait de courte durée.

Dans ces latitudes, la belle saison est passagère. A un brillant et rapide été de quelques semaines succède un long hiver, sombre, triste, rigoureux, accompagné de son cortège de pluies persistantes ou de neiges continuelles; l'abondance qui accompagne les beaux jours fuit avec eux pour faire place à la disette.

Le capitaine n'ignorait rien de ces choses. Il savait

qu'il n'avait pas échoué dans un paradis terrestre. Il ne connaissait que trop bien les tristes essais de colonisation faits par Sarmiento, à Port-Famine, dans le détroit de Magellan, où trois cents colons moururent de froid, de misère et de faim [1].

Si ceux-là n'avaient pu résister au climat de la Terre de Feu, favorisés qu'ils étaient par leur installation et leur association, quelle chance de salut restait à de pauvres naufragés dépourvus de tout?

Est-ce que les indigènes eux-mêmes, tant habiles qu'ils soient à la chasse et à la pêche, ne sont pas condamnés au sort le plus misérable dans leur combat incessant pour l'existence?

A quelque heure du jour ou de la nuit qu'ait lieu la basse mer, en hiver ou en été, et quelque temps qu'il fasse, ne sont-ils pas obligés d'aller, plongés à mi-corps dans les flaques d'eau laissées par le flot, s'emparer des poissons et des coquillages que n'a pas emportés le reflux?

Et quel abri ont-ils pour résister à un climat brumeux ou glacé? Quelques huttes de broussailles où ils s'entassent accroupis, pêle-mêle, avec leurs femmes et leurs enfants, faisant coucher leurs chiens sur eux en guise d'édredons! Faut-il s'étonner que, réduits à une condition aussi misérable, ils n'aient plus que des instincts de brutes et opposent l'assassinat et le

---

1. *Note de la rédaction.* Les tentatives de colonisation sur le détroit de Magellan ont été reprises à une époque récente et ont été couronnées de succès. La ville de Punta Arenas, sur la rive patagone du détroit, précisément en face de Port-Famine, comptait 1342 habitants en 1884 et possédait de magnifiques troupeaux de moutons.

cannibalisme à l'impitoyable cruauté d'une nature
marâtre?

Telles sont les pensées sinistres que le capitaine
et le charpentier méditaient en silence et qu'ils se
gardaient bien de communiquer à leurs compagnons.

Tant que dureraient les beaux jours, le péril n'était
pas imminent : la nature offrait une ample récolte
de végétaux qu'on n'aurait qu'à recueillir. Le plus
substantiel et le plus commun était une espèce de
champignon d'un goût sucré et agréable que les Fuégiens mangent frais pendant la saison, ou desséché
pendant le reste de l'année. Les naufragés en récol-
tèrent d'immenses quantités sur le tronc des hêtres,
où ils pullulent, et firent une ample cueillette des
fruits de l'arbousier et de l'épine-vinette.

Malgré cette abondance relative, Seagriff fut le
premier à conseiller un changement de quartiers.

« Nous sommes par trop enfermés dans cet étroit
espace, dit-il, et si, par aventure, un bâtiment passait
dans ces parages, à l'une ou à l'autre extrémité du
détroit, nous aurions peu de chances d'être aperçus.
M'est avis que nous ferions bien de profiter du bon
temps pour aller camper sur une côte moins resserrée, en vue de la pleine mer.

« Qu'en pensez-vous, capitaine?

— Le conseil me semble d'autant meilleur qu'il
répond à l'idée qui me préoccupe. Puisque les réso-
lutions promptes sont les meilleures, je donne le
signal du départ.

8

— Le jour est trop avancé, capitaine, nous ne pourrions pas gagner la côte que nous cherchons avant la nuit close. Car il nous est impossible de nous en aller par la plage, et cela pour une excellente raison : c'est qu'il n'y a pas de plage.

« Quand nous sommes entrés dans cette baie, qui nous offrait un port de mouillage si bien abrité et si paisible, j'ai parfaitement remarqué que, de tous côtés, les falaises plongeaient à pic dans la mer. Nous aurons donc à gravir jusqu'au sommet de la colline pour redescendre par l'autre versant. Et, croyez-moi, ce ne sera pas chose facile que de se frayer un passage à travers cette végétation où personne n'a jamais pénétré. Il ne faut pas compter pour rien les risques que nous courons de tomber dans les ravins cachés par les broussailles.

— Diable ! murmura le capitaine. Ainsi tu es bien certain qu'il n'y a pas un moyen de passer entre les falaises et la mer?

— Il n'y a pas seulement trois grains de sable sur lesquels un phoque pût flâner et faire un somme.

— Alors, attendons à demain ! Une nuit est bientôt passée. »

Pendant toute la soirée on ne parla que du prochain départ. Les naufragés se livraient à l'espoir de trouver une retraite aussi hospitalière que la baie et, plus encore, à l'espoir d'être vus par l'équipage d'un navire quelconque qui pourrait les rapatrier.

Le lendemain matin, de bonne heure, tous étaient sur pieds. Après avoir plié la tente, rassemblé les avirons, empaqueté les divers objets et ustensiles qui pouvaient être de quelque utilité, ils allaient se mettre en route, quand Seagriff s'écria d'une voix épouvantée :

« Les Fuégiens! Les Fuégiens! »

XIV

UNE PÊCHE AU HARPON

Oui, c'étaient les Fuégiens!

Une de leurs pirogues doubla la falaise, puis une seconde, puis une troisième, puis une quatrième!

« Ils viennent par l'ouest, dit Chester, nous ne pouvons donc douter que ce ne soient nos assaillants toujours acharnés à notre poursuite.

— Non, dit le capitaine en les examinant avec la lunette, ceux-là diffèrent des Aïlikolips par leur équipement, et je remarque parmi eux autant de femmes et d'enfants que de chiens.

— D'ailleurs, ajouta Seagriff après avoir pris à son tour la lunette, ces gens-là ne sont pas armés en guerre. Ils ne sont ni barbouillés de noir, ni coiffés de plumes blanches, et je ne leur vois en main que des harpons. Je crois vraiment qu'ils n'ont d'autre but que de se livrer à une partie de pêche. C'est égal! nous ferons bien de rester cachés et de ne pas tenter

le diable, car il n'y a pas moyen de se fier à ces
coquins, surtout quand ils ont conscience d'être les
plus forts; et, il n'y a pas à dire, ils ont sur nous la
supériorité du nombre.

— Quelle chance que notre feu soit éteint! La
fumée nous aurait vite trahis!

— Quelle chance encore que ces buissons épais
nous dérobent à leur vue perçante!

— Peut-être passeront-ils devant la baie sans y
entrer!

— Aïe! les voici justement qui se dirigent de
notre côté.

— Vite! enfonçons-nous au plus épais du fourré!
Ces lauriers nous serviront de rideau, et nous pourrons voir sans être vus! »

En un clin d'œil, les ballots, les avirons, les
ustensiles, furent ramassés et la place déblayée de
tout ce qui aurait pu indiquer le passage des hommes
blancs.

« Je ne vois aucune nécessité de rester cachés là,
comme des poltrons, dit le capitaine. Pourquoi ne
pas poursuivre notre route à travers bois pour
atteindre le sommet de la colline et passer sur l'autre
versant? La végétation est assez touffue pour dissimuler notre marche.

— Non, non, capitaine, croyez-en l'expérience d'un
homme qui connaît son monde. Restons cois; ne
bougeons ni pied ni patte. Le bruit que nous ferions
en foulant les herbes sèches et en cassant les branches
mortes, attirerait bientôt l'attention de gaillards qui
ont toujours l'œil et l'oreille au guet. D'ailleurs nous

aurions à franchir plus d'un lieu découvert qui nous
dénoncerait. N'espérez pas leur échapper par la fuite!
ils nous auraient vite gagnés de vitesse. En quatre
bonds ils seraient sur nos talons, car ils grimpent
comme des écureuils et courent comme des lapins.

— Après tout, peut-être ne débarqueront-ils pas!

— C'est possible. S'ils avaient coutume de fré-
quenter cette baie, les arbres seraient dépouillés de
leur écorce, et ils sont intacts. »

Les quatre pirogues passaient et repassaient dans
le détroit, disparaissaient un instant derrière la
falaise de droite ou de gauche, puis se réunissaient,
paraissant se consulter. Après quelques allées et
venues, elles vinrent se ranger à l'entrée de la baie,
à des distances égales, comme si elles voulaient en
garder l'issue.

Des nuées de pélicans et d'autres oiseaux aqua-
tiques s'envolèrent en poussant des cris aigus, tandis
que d'autres, plus hardis, continuaient de planer, se
proposant peut-être de voir ce qui allait se passer
pour en faire leur profit.

« Par ma foi! dit Seagriff à mi-voix, je devine.
Nous allons assister à une chasse au poisson. »

Pas un souffle de vent ne ridait la surface de l'eau
transparente, et, de leur cachette, les spectateurs
pouvaient voir jusque dans les profondeurs de la
baie aussi facilement qu'au travers des glaces d'un
aquarium.

Des poissons de toute espèce, grands et petits,
trapus ou allongés, passaient rapidement, se lançant,
affolés, avec la rapidité d'une flèche.

Peu à peu les pirogues, toujours alignées, péné-
traient dans la baie en diminuant de plus en plus
leur distance à mesure que les rives se rappro-
chaient. Pendant ce temps, les femmes pagayaient,
les hommes fouillaient du regard l'eau limpide et les
chiens aboyaient.

« Attention! chuchota Seagriff à ses compagnons,
vous allez voir commencer le rabat. »

Aussitôt les petits chiens à tête de renard sautèrent
par-dessus bord, tandis que les hommes, debout dans
leurs pirogues, le bras tendu, le harpon levé, se
tinrent prêts à frapper.

Les chiens nageaient en bon ordre, d'accord et,
pour ainsi dire, en mesure. Il poussaient devant eux
les poissons et plongeaient de temps à autre à la
poursuite de ceux qui essayaient de prendre le large.
On eût dit de bons chiens de berger courant après
les brebis égarées pour rassembler le troupeau et le
reconduire au bercail.

A chaque coup, les harpons ramenaient un beau
poisson embroché, qui était aussitôt jeté au fond du
bateau, où les enfants lui donnaient le coup de grâce.

Enfin, pirogues, chasseurs et chiens arrivent au
fond de la baie; tout le poisson, acculé dans cette
espèce de cul-de-sac, est harponné, et alors ce n'est
plus une pêche, mais un véritable massacre.

La chasse aquatique avait duré plusieurs heures,
au milieu des clameurs assourdissantes des harpon-
neurs, des hurlements gutturaux des femmes, des
glapissements des enfants, des aboiements des chiens
provoqués par l'émulation, des cris stridents des

Chaque coup ramenait un beau poisson.

oiseaux témoins de cette scène. Ce n'est pas sans
une certaine appréhension que les spectateurs cachés
en virent arriver la fin.

Qu'allait-il se passer? Les pêcheurs descendraient-ils à terre? S'en iraient-ils immédiatement par où ils étaient venus?

S'ils débarquent, ce ne peut être qu'à l'endroit où l'on avait amarré la baleinière, c'est-à-dire à quelques pas de nos gens.

« Ces maudits chiens vont nous éventer », murmura Seagriff à l'oreille du capitaine.

A ce moment un craquement épouvantable, semblable à un éclat de tonnerre accompagné d'un cri d'effroi, heureusement couvert par les aboiements et la rumeur qui remplissaient la baie, vint jeter la terreur dans le cœur des naufragés.

Un arbre gigantesque s'abattit dans un nuage de poussière, entraînant dans sa chute l'infortuné César, qui avait voulu se hisser dans les branches pour mieux voir. Il fut la première victime de sa désobéissance à la consigne, tout en compromettant la sécurité de ses compagnons. Tous le croyaient écrasé, broyé sous le poids du géant de la forêt. Leur étonnement fut égal à leur angoisse en le voyant se dégager des débris, saupoudré de bois vermoulu, cherchant à retenir les formidables éternuements qui le secouaient de la tête aux pieds.

En toute autre circonstance, ce spectacle comique eût désopilé les plus moroses; mais ce n'était pas le moment de rire!

En effet, ce n'était pas un jeu que cette terrible partie de cache-cache dans laquelle les accidents de la nature se mettaient du côté des mauvais joueurs!

Quelques Fuégiens tournèrent la tête au bruit et,

voyant de quoi il s'agissait, n'y prêtèrent plus attention. Qu'est-ce pour eux qu'un arbre qui tombe? sinon
un arbre qui a vécu son temps et qui, son heure
venue, est terrassé par l'âge! Ces sortes d'accidents
sont tellement fréquents dans les forêts vierges, qu'ils
n'effarouchent même pas les oiseaux!

Ce que les naufragés considérèrent d'abord comme
une catastrophe fut, au contraire, un heureux incident. L'arbre, en s'abattant, couvrit de l'épaisseur de
ses branches et de son feuillage l'emplacement du
camp, et dissimula aux yeux inquisiteurs des Fuégiens
les cendres encore chaudes du foyer.

Les pêcheurs débarquèrent sur les rochers pour
faire le partage du butin fort abondant, et les chiens,
retenus autour de la part de pêche qui leur était
jetée, ne songèrent qu'à la curée. Pas un ne s'égara
pour battre les buissons.

Enfin, les Fuégiens se rembarquèrent, à la grande
joie des naufragés! Quand la dernière pirogue eut
disparu du côté de l'ouest, un soupir de soulagement
dégonfla les poitrines oppressées.

« Nous avons passé là un mauvais quart d'heure, dit
Seagriff, mais nous avons eu plus de peur que de mal.

— Oui, répliqua le capitaine, cette fois encore
nous pouvons rendre au Ciel de belles actions de
grâces! »

XV

UNE ROUTE DIFFICILE

Aussitôt que l'ennemi eut disparu, les naufragés songèrent à la retraite.

Un léger incident retarda cependant leur départ. En jetant un dernier coup d'œil sur la baie qu'ils allaient quitter, les jeunes gens aperçurent une volée de mouettes qui se disputaient deux gros poissons pâmés flottant à la surface.

« Bonne aubaine! s'écria le jeune Gancy en lâchant les avirons qui lui étaient échus en partage dans le déménagement. Henry, nous allons pêcher aussi! »

Ils dégringolèrent jusqu'au bord de l'eau, et, mettant habits bas, nagèrent vigoureusement vers les deux poissons, dont ils s'emparèrent, au grand désappointement des mouettes qui ne cessaient de tourbillonner autour d'eux en jetant des cris de colère.

« Nous serons toujours assurés d'avoir un morceau à nous mettre sous la dent en arrivant au terme de

notre expédition, dit Chester. Ces deux superbes
mulets ne pèsent pas moins de dix livres chacun. Et
maintenant en route ! »

On ne marcha pas longtemps sans reconnaître la
justesse des prédictions de Seagriff, et sans être per-
suadé qu'une demi-journée ne serait pas de trop pour
parcourir un seul mille dans de pareilles conditions.

Quelle route ! si toutefois l'on pouvait donner ce
nom à une suite d'obstacles à travers lesquels il fallut
passer. A peine avait-on marché quelques secondes
debout, la tête haute, il fallait ramper sous bois,
grimper à l'assaut des roches, escalader un entassement de troncs d'arbres tombés pêle-mêle et tellement
vermoulus qu'en les écrasant sous les pieds on s'enfonçait jusqu'aux aisselles dans la pourriture végé-
tale.

Les épais nuages qui voilaient le soleil ne laissaient
filtrer qu'une lumière douteuse et terne ; l'atmosphère humide, froide, envahie par le brouillard,
semblait en quelque sorte visqueuse.

Un silence effrayant, un silence de mort, un silence
surnaturel, un silence de l'autre monde, n'était interrompu, à de longs intervalles, que par le cri rauque
du pic ou le sifflement lugubre du hibou. Pas un
oiseau ne volait dans les airs, pas un insecte ne bour-
donnait dans les buissons, pas un reptile ne rampait
dans l'herbe. C'était la solitude profonde, absolue,
d'une nature abandonnée.

Après quelques heures de marche, ou plutôt de
gymnastique forcée, les naufragés arrivèrent à un
lieu qui leur parut une clairière, mais ils se trom-

paient. Les mêmes arbres qu'ils avaient rencontrés jusqu'ici étaient rabougris; arrêtés subitement dans leur croissance, ils avaient gagné en largeur ce qu'ils avaient perdu en hauteur.

Leurs longues branches rampantes, entremêlées aux frondes des palmiers nains et des fougères, formaient un tissu compact et serré présentant l'aspect d'un épais tapis vert.

Ned et Henry, qui marchaient en avant, s'y laissèrent prendre.

Heureux de revoir le ciel et d'échapper aux sombres tristesses de la forêt, enchantés de trouver devant eux une pelouse où les pauvres femmes marcheraient enfin plus à l'aise, ils s'élancent joyeux sur cette verdure perfide, s'y enfoncent à mi-jambes en déchirant leurs vêtements, en se faisant de cuisantes égratignures.

Leur mésaventure servit d'expérience aux autres et les rendit plus circonspects. Ils n'avancèrent plus qu'avec une sage méfiance, qui ne les affranchit pourtant point de plus d'un mauvais pas. Tantôt ils glissaient brusquement comme sur la glace en rencontrant la pente dissimulée d'une fondrière; tantôt ils choppaient contre une racine invisible, une pointe de rocher cachée, et tombaient contre un obstacle inaperçu.

Après des fatigues inouïes, ils sortent enfin de cette inextricable forêt naine et se trouvent dans une lande unie qui domine la mer. Parvenus sur la hauteur, ils ne peuvent retenir un cri d'admiration.

« Que c'est beau! que c'est beau! »

Le splendide panorama de la Terre de Feu se déroule devant eux. Ils oublient leur lassitude en contemplant ce spectacle inattendu qui apparaît dans sa magnificence.

Ce ne sont partout que montagnes empilées les unes sur les autres, Pélion sur Ossa, au midi, au nord, au levant, au couchant. Les dômes, les pyramides, les cônes, les dents, les tables, les prismes, les pics, les plateaux, les aiguilles, les arêtes, les tours, sont assemblés dans une inextricable confusion comme autant de monuments d'une architecture cyclopéenne.

Au milieu de cette gigantesque agglomération à la fois désordonnée et pittoresque, le mont Darwin lève sa tête neigeuse aussi fièrement que le Sarmiento qui lui fait face.

Des vallées profondes, aux flancs abrupts et boisés, vers lesquelles descendent les torrents, séparent les chaînes de montagnes, alternant avec des ravins dénudés et des glaciers étincelants.

Des bras de mer resserrés, des fiords longs et tortueux, s'enfoncent entre les montagnes qu'ils découpent et taillent en falaises, formant ainsi de toute cette Terre de Feu un véritable archipel d'îles rapprochées, dont la plupart sont inabordables.

De ce point culminant, les naufragés dominent un vaste horizon. Parmi ces fiords, ces détroits, ces canaux, ils remarquent un bras de mer plus large que les autres et qui s'étend vers l'est à perte de vue.

« C'est le canal du Beagle, c'est la route du salut!

s'écrie Seagriff. Dire que, si notre malheureux bateau n'avait pas été submergé, nous naviguerions aujourd'hui dans les eaux tranquilles du Beagle, au lieu d'user nos jambes et nos forces dans cette île sans issue !

— Pas de regrets stériles et surtout pas de découragement, dit le capitaine en s'apercevant de l'effet produit par la boutade de Seagriff. Pour conserver notre énergie, voyons surtout le bon côté des choses. Ainsi ma lunette ne me laisse voir à l'horizon nulle trace des pirogues qui nous ont troublés si mal à propos ce matin. Elles auront sans doute relâché dans une des nombreuses baies qu'enveloppent les falaises vers l'est. Mettons à profit ce qui nous reste de jour pour aller nous établir au bas de cette colline. »

La descente fut infiniment plus facile que la montée; au moins, cette fois, les glissades étaient plutôt du temps gagné que du temps perdu.

Après bien des chutes malencontreuses, nos gens arrivent enfin sur la plage, crottés, mouillés, poudreux, écorchés, déchirés, accablés, mais en somme sans grave accident.

La plage formait une courbe assez prononcée pour constituer un abri et pas assez profonde pour que les signaux ne pussent être aperçus des vaisseaux passant au large.

Le campement fut établi au milieu de cette échancrure, sur de vastes roches inaccessibles aux eaux de la haute mer, et entourées d'un rideau d'arbres.

Les naufragés s'aperçoivent vite qu'ils ne sont pas les premiers êtres humains ayant pris pied sur ce

9

plateau, car il porte les ruines d'une hutte, et le talus qui le borde n'est qu'un entassement de débris de coquillages jetés là après les repas.

Si le sol de la hutte est encombré de mauvaises herbes attestant une longue vacance, en revanche l'amas de coquilles est encombré de plants de céleri sauvage et de cochléarias qui ont poussé sur ce fumier comme en pleines couches de jardin potager.

Les récifs de la côte sont couverts de varechs qui, à marée basse, fourniront un ample approvisionnement de crustacés et de mollusques. En outre, les arbres offrent des baies sauvages qui ne seront point à dédaigner.

« Nous ne mourrons toujours pas de faim ni de froid ici, dit le capitaine; les vivres abondent et cette hutte sera d'un précieux secours par les mauvais temps.

— Possible! dit sentencieusement Seagriff. Mais cette hutte ne nous révèle pas moins que nous sommes toujours sur le territoire de la tribu hostile et cruelle des Ailikolips à qui nous avons, par deux fois, si miraculeusement échappé.

— Qu'en sais-tu?

— Je n'ai qu'à regarder cette hutte pour en être certain.

— Qu'offre-t-elle donc de particulier?

— Les Ailikolips arrondissent ainsi le sommet de leurs demeures, qu'ils couvrent de peaux de phoques, tandis que les Tekenickas et les autres Fuégiens terminent les leurs en pointe et les recouvrent d'herbes

marines et d'écorces d'arbres. Oui, ce sont des Ailikolips qui ont habité cette hutte, mais il est visible
qu'ils ont décampé depuis longtemps.

— Alors, à quoi bon toutes ces terreurs que tu
cherches à nous inspirer?

— Voyez, tous les arbres de la côte sont dépouillés
et leur écorce a servi à fabriquer des pirogues, peut-
être bien celles-là mêmes qui sont venues pêcher ce
matin à notre nez, à notre barbe.

— Puisque la récolte est faite, raison de plus pour
qu'on ne la recommence pas.

— C'est égal! ceux qui sont venus peuvent encore
revenir.

— Pourquoi, n'étant pas venus depuis longtemps,
reviendraient-ils juste pendant le court séjour que
nous ferons ici? Il ne faut pas non plus voir les choses
plus noires qu'elles ne sont. »

Ces paroles rassurantes n'inspirèrent toutefois
qu'une confiance médiocre à la petite colonie. Le seul
nom d'Ailikolips rappelait des événements trop
récents et trop terribles pour que tous n'en eussent
pas gardé un souvenir vivace.

L'aspect hideux des cannibales, leurs hurlements
féroces, leurs gestes menaçants, leur poursuite
acharnée à coups de pierres et de harpons, hantaient
les esprits comme un cauchemar.

On sentit la nécessité d'user de la plus grande pru-
dence, de garder une active vigilance et d'opposer la
ruse à la ruse, puisqu'on ne pouvait opposer la force
à la force.

La tente fut plantée dans un bouquet d'arbres qui

la cachaient à la vue des pirogues pouvant passer dans le détroit.

La hutte, invisible du côté de la mer, fut réparée et appropriée aux besoins des nouveaux occupants.

On convint de ne pas allumer de feu pendant le jour, de peur d'être trahi par la fumée, et de n'en faire que la nuit au plus épais du fourré.

Il fut convenu que, tour à tour, chacun, muni de la lunette, monterait la garde et scruterait constamment tous les points de l'horizon, afin de ne pas laisser échapper le secours qu'on espérait toujours voir venir par le canal du Beagle.

XVI

NOUVEAU CAMPEMENT

L^E programme déterminé fut suivi ponctuellement. Chacun s'astreignit avec zèle aux fonctions qui lui étaient dévolues; mais les vigies avaient beau sonder l'horizon, les jours succédaient aux jours sans qu'aucun navire se montrât. L'impatience devint du découragement et le découragement menaçait de tourner au désespoir.

Un projet depuis longtemps médité fut enfin adopté. On résolut de commencer immédiatement la construction d'une embarcation. Nul endroit n'était plus favorable à l'accomplissement de ce travail : le bois était si abondant qu'il n'y avait qu'à choisir, parmi la multitude d'arbres, ceux que la cognée devait abattre. D'ailleurs Seagriff était le charpentier le plus apte à mener à bien cette entreprise, et l'on avait déjà des avirons, un mât, des cordages et une voile.

On se mit à l'œuvre avec ardeur et courage pour

suppléer à l'insuffisance des outils dont on disposait.
Les constructeurs ne possédaient qu'une hache, une
scie, une tarière, un marteau et leurs couteaux de
marins. Tous les autres outils dont on n'avait pas eu
besoin pendant le séjour dans la baie étaient restés
dans la baleinière et avaient été engloutis avec
elle.

« Je me charge de manier la hache, dit César, ça
me connaît! J'ai abattu sur les bords du Mississipi
beaucoup d'arbres plus gros que le plus gros de tous
ceux-ci.

— Commence donc par ce hêtre, répliqua Seagriff
en désignant un bel arbre que les Ailikolips avaient
dépouillé de son écorce. La besogne faite par les
sauvages assurera la solidité de notre construction.

— Comment cela?

— Parce que les arbres écorchés meurent sur pied
et donnent par conséquent du bois sec. Seulement,
docteur, ne t'amuse pas à abattre indifféremment tous
les arbres que tu rencontreras, car tu pourrais ainsi
travailler en pure perte.

— Vous venez justement, Copeau, de me dire le
contraire!

— Il s'agit de s'entendre, docteur. La plupart des
arbres de cette contrée sont blessés au cœur, et,
malgré leur apparente vigueur, ils ne donnent souvent que de mauvais bois. Ne t'attaque qu'à ceux
que j'aurai marqués après les avoir sondés avec ma
tarière. »

César prouva qu'il n'était pas paresseux quand la
besogne pressait. Ses coups de hache, vigoureuse-

ment appliqués, éveillèrent les échos de la forêt,
et en peu de temps plusieurs hêtres jonchèrent
le sol.

Les troncs, sciés à longueur, furent débités en
planches, que les couteaux se chargèrent de raboter.

Avec des outils si imparfaits et si fragiles qu'on
n'aurait pu remplacer si on les avait détériorés, l'ou-
vrage n'avançait que lentement. D'ailleurs les ouvriers
devaient souvent abandonner le chantier de construction pour la chasse ou la pêche.

Sans doute à marée basse les patelles, les pétoncles,
les moules, les poissons, abondaient sur le banc de
varechs et dans les fentes des rochers, mais encore
fallait-il aller les chercher.

De temps en temps, un phoque nonchalant s'en-
dormait, au milieu de sa flânerie, sur la plage, où il
se laissait assommer pendant son sommeil, ce qui,
pour quelques jours, approvisionnait le garde-manger
de viande fraîche et d'huile pour la friture.

Quant aux légumes, on les avait sous la main :
César n'avait qu'à les prendre sur le tas de fumier
pour composer des soupes aux herbes aussi saines
que rafraîchissantes.

N'était la crainte constante de voir une pirogue
fuégienne apparaître au détour de la falaise, ou de
recevoir par terre la visite d'une troupe d'Ailikolips,
l'existence actuelle eût été tolérable. La construction
de l'embarcation, la recherche des vivres, les soins du
ménage, l'entretien des vêtements, la confection des
chaussures en peaux de phoques accaparaient assez
les naufragés pour les soustraire à l'ennui. Et puis

il ne faudrait pas compter pour rien les spectacles nouveaux et variés que la nature offrait sans
cesse.

Tantôt c'était un plongeon à la tête énorme, aux
ailes courtes, aux vigoureux pieds palmés, qui filait à
la surface de la mer avec une vitesse de quinze milles
à l'heure. Ce *Brachyptère*, particulier à la contrée,
manœuvrait avec ses moignons d'ailes de la façon la
plus bizarre. Il les agitait alternativement, imitant
ainsi le mouvement de la pagaie ; et, frappant l'eau à la
façon des roues d'un steamer, il faisait jaillir autour
de lui des tourbillons d'écume, tandis que l'eau gar-
dait longtemps la trace de son sillage.

A marée basse, de nombreuses compagnies de ces
plongeurs venaient festiner au milieu des varechs, et,
leur repas terminé, ils s'accroupissaient pour s'éplu-
cher tout en jacassant dans leur langage plus semblable au grognement des bouledogues qu'au cancane-
ment des palmipèdes.

Tantôt c'était un phoque femelle qui, cherchant une
eau peu profonde et tranquille pour donner en toute
sécurité une leçon de natation à son cher petit, se
hasardait dans le chenal resserré entre le banc des
varechs et la plage.

La tendre mère nageait d'abord en tenant son élève,
puis peu à peu elle le lâchait, le poussait, lui faisait
faire le plongeon et venait à son secours lorsqu'elle
l'entendait souffler et le voyait barboter d'une façon
inquiétante.

Tantôt c'était un couple de grands cétacés qui, à
marée haute, se jouaient dans l'eau aussi transpa-

rente qu'un miroir. Parfois ils s'approchaient assez
du rivage pour que l'eau projetée par leurs évents
retombât en pluie fine sur les travailleurs du chantier. Puis, ainsi que des écoliers contents d'avoir
joué un bon tour, ils s'éloignaient à toute vitesse
en continuant de lancer des jets d'eau que le
soleil transformait en vapeurs irisées, en nuages
argentés.

« Ah! les heureux mortels! » s'écria Seagriff, un

L'embarcation prenait tournure.

matin que deux cachalots prenaient la fuite après
l'avoir aspergé. « Ils s'en vont par ce canal du Beagle
que nous voudrions prendre à notre tour! Quand nous
sera-t-il permis d'en faire autant?

— Bientôt, Copeau, bientôt, dirent Ned et Henry
qui travaillaient à ses côtés; la besogne avance. »

L'embarcation prenait en effet tournure; elle allait
arriver à bonne fin; les Fuégiens restaient toujours
invisibles; la confiance renaissait.

L'espérance encourageait les constructeurs, qui
s'escrimaient à tour de bras et travaillaient presque
gaiement, quand un matin, au point du jour, le capi-

taine Gancy, se trouvant de vigie, aperçut, venant par
l'est, une flottille de pirogues encombrées de sauvages. D'une voix qu'il essaya vainement de rendre
plus ferme, il s'écria :

« Les voilà! que Dieu ait pitié de nous! »

XVII

UNE DÉSAGRÉABLE VISITE

A ce cri, le travail est abandonné, la panique devient générale, chacun reste anéanti, les yeux fixés sur les pirogues. D'abord, ce n'étaient que des points noirs à l'horizon ; mais ces points, grossissant de minute en minute, deviennent bientôt des embarcations visibles à l'œil nu.

Plus de doute! elles sont montées par des Ailikolips qui vont reprendre possession de leur ancien campement.

Un vague espoir reste pourtant au fond des cœurs. Qui sait? ces sauvages ne feront peut-être que traverser le détroit. Grâce aux précautions prudemment prises, il est possible qu'ils ne remarquent rien d'inquiétant pour eux sur ce rivage où les blancs ont si soigneusement dissimulé leur présence aux regards des Fuégiens qui viendraient par la mer!

« Autant que je puis en juger à cette distance, dit

le capitaine, je crois qu'il n'y a pas lieu de nous alarmer outre mesure. Les hommes ne sont pas équipés en guerre et ils ont avec eux un grand nombre de femmes, portant des enfants dans leurs bras ou sur leur dos. J'imagine que ces gens sont en expédition pacifique.

— Peut-être est-ce tout bonnement une tribu qui émigre vers ses quartiers d'hiver.

— Qui nous dit, après tout, que ce soient réellement des Ailikolips? »

Les naufragés cherchaient ainsi à se rassurer les uns les autres, et ils y réussirent tant que les pirogues tinrent le large. Mais, lorsque tout à coup elles firent mine de virer de bord pour entrer dans la baie, une terrible émotion étreignit les cœurs les plus fermes.

Qu'allait-il se passer? Quelle attitude prendraient les sauvages? Dans quelles dispositions débarqueraient-ils?

Mais.... que font-ils donc? Ils changent encore une fois de direction! Les pirogues reprennent le large,... elles doublent la pointe avancée de la falaise,... elles disparaissent à l'ouest!

Quel soulagement! et pourtant que d'appréhensions encore!

Vont-elles mouiller dans cette rade profonde et resserrée qu'on aperçoit du sommet de la colline? Y resteront-elles longtemps? Seront-elles les dernières à passer? Les sauvages ne viendront-ils pas de temps en temps fouiller le banc de varechs si riche en ressources de toute nature?

Ces diverses conjectures, que personne ne pouvait

affirmer ni contredire, entretenaient les malheureux dans des transes et des angoisses inouïes. Pour y mettre fin, Ned et Henry proposèrent d'aller en éclaireurs reconnaître la position de l'ennemi, en gravissant à nouveau la hauteur qui dominait la grande baie formée par l'échancrure des falaises rocheuses. C'est là qu'on supposait que les Ailikolips s'étaient installés.

« Gardez-vous-en bien, jeunes gens, dit Seagriff d'un ton de tristesse grave qui ne lui était pas accoutumé. Ce serait vous sacrifier inutilement. Si les sauvages vous apercevaient là-haut, ce qui n'est pas douteux vu leurs yeux de furet, ils vous donneraient vite la chasse et nous aurions peu de chances de nous revoir. Ne nous séparons pas. Restons ensemble pour attendre les événements et nous prêter une aide mutuelle.

— Si, comme nous sommes en droit de l'espérer, les Ailikolips vont prendre leurs quartiers d'hiver, répliqua le capitaine, ils y resteront assez longtemps pour nous laisser terminer notre canot, et alors.... »

Le capitaine Gancy n'acheva pas sa phrase. La surprise arrêta net la parole sur ses lèvres.

Les pirogues, doublant le promontoire de l'ouest, revenaient sur leurs pas; elles entraient dans le chenal. Cette fois le danger était imminent.

« C'est étrange, dit Ned, les pirogues ont perdu plus de la moitié de leur chargement. Elles ne contiennent plus que des vieillards, des femmes et des enfants!

— Où sont les autres? Qu'est-ce que ceux-ci viennent faire par ici? » demanda Chester.

Il n'était plus temps de discuter; les pirogues accos-
taient l'une après l'autre. En un instant, chiens,
enfants, vieillards, femmes et marmots avaient
débarqué.

Les chiens ne furent pas plus tôt à terre que, guidés
par leur instinct, ils se précipitèrent en aboyant avec
fureur vers le campement, suivis de près de leurs
maîtres qu'un certain flair guidait aussi.

« Sales bêtes! » murmura Seagriff, les dents
serrées.

A la vue des naufragés qui se tenaient tous sur la
défensive à l'entrée de la tente où s'étaient réfugiées
mistress Gancy et sa fille, les sauvages, frappés de
stupeur, s'écrièrent :

« *Akifna akinish!* (Les hommes blancs!) »

L'aspect des visiteurs n'était ni engageant ni ras-
surant.

Une quarantaine de vieilles mégères, ridées, tan-
nées, édentées, aux yeux chassieux, à la crinière en
désordre, ressemblaient plus aux sorcières de Mac-
beth qu'à des êtres féminins. Elles étaient accom-
pagnées de quelques vieux singes prétendant au
nom d'hommes et d'une vingtaine d'enfants, garçons
et filles, véritables suppôts du démon, rappelant ces
nains affreux et grotesques qu'on fait figurer dans
certaines pantomimes féeriques.

Sur tous les visages, affreusement sales, se lisait
une expression hardie, féroce, narquoise, menaçante.
De toutes les bouches, hideuses, sortaient des impré-

cations incompréhensibles; des sons gutturaux, des
cris inarticulés. Cela donnait l'idée d'une de ces con-
versations comme les singes des forêts doivent en
avoir entre eux.

Pendant quelques instants, la confusion et le

L'aspect des visiteurs n'était pas engageant.

tumulte furent tels, qu'il était impossible d'en prévoir
l'issue.

Tout en se tenant sur leurs gardes, les blancs
avaient le plus grand soin de ne faire aucune démons-
tration agressive qui pût donner le signal des hosti-
lités. L'ennemi n'était pas seulement redoutable par

le nombre : les femmes et les enfants laissaient bien
deviner qu'ils ne seraient pas des assaillants à
dédaigner.

Seagriff saisit l'opportunité d'une légère accalmie
du brouhaha pour s'écrier dans la langue des Ailikolips :

« *Arré! cholid!* (Frères et sœurs!) »

Les Fuégiens, stupéfaits d'entendre un *akifna akinish* parler leur propre langue, poussent des clameurs
joyeuses et cessent instantanément toute manifesta-
tion hostile.

Le plus âgé de la troupe, un de ces vieux sorciers
aussi redoutés que vénérés qui règnent sur chaque
groupe d'émigrants, s'approcha de Seagriff. Il le
tapota doucement dans le dos, puis sur la poitrine,
tout en gloussant à l'instar d'une poule qui rappelle
ses poussins.

Ayant tout à son aise caressé le vieux marin, il
gratifia les autres blancs des mêmes faveurs amicales. Mais tout à coup, apercevant César qui s'approchait docilement pour recevoir à son tour l'accolade
fraternelle, il recula épouvanté en jetant des cris
aigus.

A la vue du malheureux nègre, dont toute la race
inspire aux Fuégiens une horreur superstitieuse, il se
fit une révolution soudaine parmi les sauvages, qui
reprirent leur attitude hostile et recommencèrent leurs
menaces.

« *Ical shiloké! Uftucla!* (Tuons ce chien noir!) »
hurlaient-ils en chœur.

Seagriff comprit le danger et se jeta résolument

Seagriff se jeta entre ces brutes et le pauvre nègre.

entre ces brutes et le pauvre nègre, dont les dents claquaient d'effroi. Les bras levés, dans l'attitude d'un grand prêtre de la paix, il s'écria avec un feint mépris :

« *Ical shiloké zapello!* (Ce chien noir n'est qu'un vil esclave!) »

A cette déclaration, le sorcier recommença à baragouiner en gesticulant. Il se tourna vers les assaillants, qu'il apaisa en leur déclarant que le *zapello* n'était pas digne de leur courroux.

Les femmes et les enfants reculèrent en rechignant comme des loups auxquels on arracherait leur proie. Pour se consoler de leur déconvenue, ils se mirent à arpenter le camp, ramassant de-ci, de-là, les objets qui tentaient leur cupidité.

La plupart des outils et des vivres de réserve avaient été heureusement cachés dans la tente, qui leur inspirait une crainte superstitieuse, mais salutaire. Quant au garde-manger que César avait installé dans la hutte, il fut mis au pillage. En un clin d'œil tout fut dévoré.

Lorsqu'il n'y eut plus rien à prendre, les sauvages se jetèrent sur un horrible poulpe qui, échoué à marée basse, gisait aplati sur le sable, et n'en laissèrent pas même les viscères !

Rassasiés et non assouvis, ils se dispersèrent dans le fourré, ravageant les arbres, cassant des rameaux avec lesquels, en peu d'instants, ils construisirent sur le sable de la plage une douzaine de huttes qu'ils recouvrirent avec des peaux de phoque recueillies dans les pirogues. Tremblants de froid, glacés, ils s'empilèrent dans ces huttes, où ils allumèrent du feu, c'est-à-dire où ils firent de la fumée.

Ce milieu fumeux qui les suffoque, les aveugle, les rend larmoyants, leur semble pourtant un confort luxueux, puisqu'il les garantit de l'air froid du dehors et de l'humidité de la neige qui ne cesse guère de tomber.

Les chiens ne cessaient de harceler les blancs, qu'ils assourdissaient de leurs aboiements; mais ils en voulaient surtout à César, qui, malgré toute son agilité, n'en avait pas encore assez pour mettre ses mollets à l'abri de leurs dents aiguës.

A une heure avancée de la nuit, le vieux sorcier, auquel les autres décernaient le nom de *Annaqua*, c'est-à-dire : *la Flèche*, imagina de venir rendre visite à ses amis les blancs, en renouvelant *toutes* ses politesses et ses tapotements.

Ses sentiments étaient si bien en concordance avec ses protestations, que, dans un embrassement chaleureux, il enleva prestement le couteau passé à la ceinture de Seagriff et le fit disparaître sous la peau de phoque qui le couvrait.

Chester, surprenant le flagrant délit, ressaisit non moins prestement l'objet volé là où il avait été recelé : ce qui fit rire Annaqua à gorge déployée. Le vieux filou donna à entendre qu'il n'avait eu que l'intention de faire une bonne farce.

Nos amis s'efforcèrent de rire aussi, feignant d'être dupes et laissant supposer qu'ils trouvaient le tour bien joué. En témoignage de leur estime et de leur admiration pour tant d'adresse, ils firent don d'un bouton de cuivre au sorcier, qui se montra satisfait.

« Ce vieux requin volerait les cornes d'une chèvre si elles n'étaient pas si bien attachées, dit Seagriff en anglais. Tenons-nous sur nos gardes, car ces gredins-là ne dorment jamais que d'un œil. »

Le sorcier s'éloigna triomphalement et rentra dans une hutte d'où éclatèrent bientôt des rires bruyants, des rires de brutes, auxquels se mêlaient des voix de Stentor. Il racontait évidemment ses prouesses.

Ned et Henry, qui faisaient sentinelle, ne pouvaient s'expliquer que ces misérables êtres pussent se livrer à cette exubérante gaieté, malgré leur déplorable situation, vautrés les uns sur les autres, comme des pourceaux dans une étable trop étroite.

« Comment des créatures aussi abjectes, aussi disgraciées, aussi déshéritées par la nature, peuvent-elles encore trouver un sujet capable d'exciter leur rire? disait Ned.

— Bah! répondit Chester, il y a sur cette terre de la joie pour tout le monde. Quelque misérables qu'ils nous paraissent en ce moment, ces sauvages sont pourtant moins à plaindre que nous, qui sommes en leur pouvoir, obligés d'entendre leurs beuglements stupides et leurs rires d'hyènes! »

XVIII

OU L'ON RETROUVE DE VIEILLES CONNAISSANCES

PENDANT trois longs jours et trois nuits plus longues encore, les naufragés menèrent l'existence la plus misérable : ils n'osaient pas reprendre leurs occupations le jour et étaient tenus en éveil la nuit par le vacarme épouvantable des sauvages et les incursions inquiétantes de leurs affreux petits chiens.

Ils se demandaient avec anxiété si ce supplice insupportable durerait longtemps, et si même il aurait jamais une fin!

Que se passerait-il au retour prévu des autres membres de la tribu, retour qui était plus ou moins prochain? Seagriff avait réussi à pénétrer le secret de leur disparition.

Quelques bribes de conversation, saisies à la volée, lui avaient appris qu'une baleine était échouée dans une baie où l'on ne pouvait parvenir que par les hautes terres. En conséquence, les plus importants personnages de la tribu avaient résolu de gravir la montagne pour aller à la découverte et s'assurer que la bonne aubaine existait réellement.

Pendant ce temps, le gros de la troupe devait attendre près du banc de varechs le résultat de l'expédition.

A n'en pas douter, le trajet était long et le chemin difficile, puisque, à l'aurore du quatrième jour, on ne voyait encore rien apparaître.

Les naturels commençaient à donner des signes visibles d'agitation et de mécontentement, car, en dépit d'actives recherches, les vivres devenaient rares et la faim pressante.

Le banc de varechs avait été dépouillé de tous ses mollusques, les hêtres de leurs champignons, les arbrisseaux de leurs baies; le tas de fumier de ses herbes, les roches de leurs oiseaux de mer, le fond de la mer de ses oursins, ou *œufs de mer*, ainsi que disent les Fuégiens. Ils prennent, pour s'emparer de ces rayonnés, une peine qui ne semble guère en rapport avec le peu d'importance du régal.

Deux femmes montent une pirogue que l'une d'entre elles est chargée de pagayer et de maintenir en place, quand on est arrivé à un endroit jugé propice. L'autre femme, une corbeille attachée à sa ceinture, plonge en piquant une tête et reste quelques secondes au fond de la mer, occupée à ramasser les oursins. Quand le souffle lui manque, elle vient respirer un instant à la surface, puis disparaît de nouveau pour recommencer sa récolte jusqu'à ce que ses forces épuisées la trahissent. Alors, s'accrochant des deux mains à la pirogue, elle se hisse à grand'peine, enjambe le bord, détache sa corbeille qu'elle a déchargée de son contenu et la passe à sa compagne. Les rôles sont intervertis : la pagayeuse devient plongeuse, la plongeuse devient pagayeuse. Ce manège fatigant dure des heures entières, tant qu'il y a des oursins à ramasser; il est accompli en toute saison et presque toujours par les plus vieilles femmes. Les malheureuses créatures ne reviennent de ce dur labeur que tremblantes, claquant des dents et tellement exténuées, qu'elles n'ont pas la force de disputer leur part à la voracité des autres : elles préfèrent s'enfermer dans une hutte et s'y enfumer à loisir afin de ranimer leurs membres glacés.

Vainement, à marée basse, emmenait-on les chiens fouiller le banc de varechs, ils n'y trouvaient plus rien à prendre pour eux, rien à rapporter pour leurs maîtres.

Une centaine de gloutons et d'affamés rôdaient donc autour de la tente, espérant trouver encore dans le camp un reste de vivres, un aliment quelconque. Désappointés, ils montraient les dents ainsi que tous les chiens hargneux en appétit, prêts à se jeter sur tout ce qui se présenterait.

« Je lis dans leurs yeux une convoitise bien inquiétante, dit Seagriff au capitaine. Les vieilles femmes me semblent encore plus férocement avides que les autres. Quand ces gens-là ont faim, ils deviennent enragés, rien ne les arrête. Voyez quels regards ils nous lancent! Ils sont évidemment en train de nous

estimer... Nous ne tarderons pas à devenir les victimes de leur appétit.

— Ce ne sera toujours qu'après leur avoir vendu
chèrement notre vie! » répliqua le capitaine, qui
frissonna involontairement en songeant à sa femme
et à sa fille.

Un rassemblement de mauvais augure s'était formé
autour du vieux sorcier.

L'animation des gestes, la volubilité de la parole
prouvaient que la question traitée dans ce conseil
était du plus haut intérêt.

Seagriff prêta l'oreille et comprit avec horreur que
ces misérables demandaient la mort de César.

Annaqua épuisait en vain son éloquence pour les
détourner de leur détestable projet. Il gesticulait,
montrant avec conviction le banc de sable qui s'avançait dans la mer au détour de la falaise, cherchant
évidemment à faire patienter ses cruels compagnons
en leur inspirant l'espoir d'un secours prochain.

Henry Chester, qui suivait tous ses mouvements
avec inquiétude, l'entendit répéter   plusieurs reprises :

Eleparu! Eleparu!

« Entends-tu ce que dit Annaqua? demanda-t-il à
Ned Gancy.

— Ma foi, non. Que veux-tu que je comprenne à
son jargon?

— Il vient de prononcer à plusieurs reprises le
mot : *Eleparu!*

— Et tu sais, toi, ce que cela signifie?

— Comment! Tu as donc complètement oublié

notre rixe avec les rats d'égout de Portsmouth et notre intervention en faveur de trois individus si bizarres?

— Bien qu'il y ait quatre années de cela, je me le rappelle comme si c'était hier. Mais à quel propos viens-tu réveiller ce vieux souvenir?

— Parce que le plus âgé de ces individus s'appelait Eleparu. J'ai entendu le garçon et la fillette le nommer à plusieurs reprises.

— Cependant, répliqua Ned, l'officier qui les a renvoyés à bord les appelait : York, Jemmy et Fuegia. Le nom de Fuegia me paraît de mise dans la circonstance actuelle... Mais à quoi bon tout ceci?

— Écoute! écoute! Annaqua vient de prononcer le nom d'Ocushlu, que les deux hommes donnaient à la jeune fille. Qu'est-ce que tout cela signifie?...

— Je n'en sais rien. Ce que je sais mieux, c'est que toute l'autorité du vieux sorcier est insuffisante à retenir ces brutes et que nous sommes perdus! »

Un détachement de mécontents s'avança vers la tente d'un air résolu et féroce trop significatif.

Seagriff les interpella dans leur langue et leur prodigua les noms de : « Frères et sœurs ». Ce fut en vain. Il était évident que ses cajoleries et ses démonstrations amicales ne feraient pas tomber les harpons à pointes d'os et de silex que tenaient leurs poings crispés.

Mistress Gancy et Léoline, ayant parfaitement conscience du danger, avaient saisi chacune une arme. Elles sortirent de la tente et vinrent se placer

auprès de leurs compagnons et amis, dont elles voulaient partager le sort.

Les sauvages, qui les apercevaient pour la première fois — car la tente avait été superstitieusement
respectée à l'égal d'un sanctuaire, — restèrent un
instant stupéfaits à cette apparition inattendue. Leur
hésitation fut cependant de courte durée.

Loin de se sentir émus à l'aspect de ces femmes
pâles et faibles qui faisaient bonne contenance, les
affreuses mégères n'en devinrent que plus furieuses.

« Notre heure est venue! » gémit le capitaine en
faisant de son corps un rempart à ses bien-aimées.

Non! leur heure n'était pas venue.

Le bras protecteur du Tout-Puissant s'étendait une
fois encore sur les malheureux naufragés.

Tout à coup retentirent des clameurs joyeuses :
c'étaient les enfants qui, placés sur la plage en éclaireurs, criaient de tous côtés :

« *Cabrelua! cabrelua!* (Ils viennent! ils viennent!) »

Ces cris, répétés de proche en proche, arrivent
jusqu'au camp et suspendent l'attaque.

Les regards se tournent en avant de la falaise vers
la langue de terre et de sable, sur laquelle apparaissent successivement les silhouettes d'une foule
d'étranges individus que l'étroitesse du passage con-
traint à marcher l'un derrière l'autre en une seule
file.

A mesure qu'avance cette singulière procession,
on se demande à quelle espèce appartiennent les êtres
qui en font partie.

Ces grosses têtes couvertes de crinières emmê-

Le chef tient par la main une jeune femme.

lées, enfoncées dans un buste sans bras porté par de courtes jambes grêles, sont-elles bien des têtes d'hommes? Sont-ce là des êtres humains?

Le cortège avance... lentement... lentement... sans se hâter de répondre aux cris qui l'acclament.

Oui, ce sont des êtres humains! oui, ce sont des Fuégiens dont la tête est passée au travers d'une énorme tranche de lard de baleine, qui non seulement enveloppe leur buste d'une longue pèlerine, mais encore retombe jusqu'aux genoux.

Le chef de la troupe, grave et digne, reçoit les acclamations de son peuple avec une importance comique et ne s'arrête qu'à quelques pas des blancs. Il considère attentivement les deux jeunes gens placés à l'avant-garde, tressaille et jette un cri :

« Portsmouth! Angleterre! »

Puis, se dépouillant prestement de sa pèlerine de lard, il retourne sur ses pas et revient en courant. Il tient par la main une jeune femme qui, secouée par une émotion terrible, s'écrie :

« Les garçons blancs de Portsmouth!

— Eleparu! Ocushlu!

— York! Fuegia! » s'exclament simultanément Henry Chester et Ned Gancy non moins étonnés que leurs visiteurs.

XIX

RETOUR A LA BARBARIE

Quelque extraordinaire que paraisse l'étrange ren
contre des blancs et des Fuégiens de Portsmouth,
il ne faut pas se hâter de l'attribuer à l'invention. Le
fait, parfaitement authentique, s'explique tout naturellement.

En 1838, le capitaine anglais Fitzroy, qui devint
plus tard amiral, commandait le vaisseau de la marine
royale le *Beagle*, envoyé en mission dans la Terre de
Feu pour y lever le plan topographique des îles et
tracer la carte des nombreux passages navigables
entre les terres.

Dans une reconnaissance que ce commandant fit
au détroit de Christmas, une de ses embarcations lui
fut dérobée. Il se mit à la recherche des voleurs, et
captura un certain nombre d'individus qui n'étaient
pas les vrais coupables et qu'il retint en otage, espérant les échanger tôt ou tard contre son embarcation.

Jugeant enfin cette mesure inutile, il prit le parti de relâcher les pauvres diables, à l'exception de deux jeunes garçons et d'une petite fille qui, choyés par l'équipage, restèrent volontairement à bord. Les matelots ne tardèrent pas à les baptiser. Le plus âgé des garçons reçut le nom de *Boat*, en mémoire de la barque volée; le plus jeune, celui de *York*, parce qu'il avait été capturé près d'une montagne rappelant par sa forme la fameuse cathédrale d'York. La jeune fille fut nommée *Fuegia* en souvenir de son pays.

Le commandant du *Beagle* recueillit encore un garçonnet qu'un de ses parents lui vendit pour un bouton, ce qui lui fit décerner par les matelots le sobriquet de *Jemmy Button*.

Le capitaine Fitzroy était un véritable philanthrope. Il conçut le projet d'instruire dans la mesure possible ces quatre jeunes Fuégiens, de les initier à la religion chrétienne et de les rendre un jour à leur pays, avec l'espoir qu'ils entreprendraient de le convertir et de le civiliser.

En conséquence, aussitôt leur arrivée en Angleterre, York, Jemmy et Fuegia furent, par ses soins, placés dans l'école qui leur convenait. Quant à Boat, il était mort en débarquant à Portsmouth.

Lorsque le commandant Fitzroy jugea que l'éducation des trois Fuégiens répondait à ses desseins, il résolut de les reconduire lui-même à la Terre de Feu. Dans ce but, il affréta un navire à ses frais, bien qu'il fût loin d'être riche.

Cette bonne action lui porta bonheur. L'amirauté décida la reprise des études géographiques et topographiques commencées à la Terre de Feu, et ordonna une nouvelle expédition du *Beagle* qui fut confiée au même commandant.

En même temps que ses protégés, il emmenait un jeune Anglais appelé à une autre célébrité que celle des futurs régénérateurs d'un monde barbare qu'il rapatriait. Ce jeune homme, alors obscur et tout à fait inconnu, n'était autre que Charles Darwin, l'illustre naturaliste qui occupe aujourd'hui un rang si élevé parmi les savants du monde entier.

Inutile d'ajouter que York, Jemmy et Fuegia, appelés dans leur pays : Eleparu, Orundelico et Ocushlu, sont, sous des noms différents, les trois personnages échappés à la brutalité des ravageurs de Portsmouth, et que le jeune officier du port devait être plus tard l'amiral Fitzroy.

Les trois Fuégiens, débarqués par ses soins, munis de vêtements, d'outils, d'instruments d'agriculture, de semences, de plants d'essences diverses, d'approvisionnements de toute nature, firent toutes les tentatives possibles pour réaliser les desseins humanitaires de leur protecteur.

Et quel en fut l'effet? Faut-il le dire? Jamais bonnes intentions ne donnèrent moins de résultat! Au lieu d'éveiller chez ceux de leur race le sens moral, de leur susciter le goût du travail et du bien-être domestique, au lieu de leur inspirer l'amour de la famille et de la propriété, les régénérateurs ne parvinrent qu'à se pervertir eux-mêmes! Entraînés par la force des choses, ils subirent l'influence de ce milieu malsain.

Quel changement s'était opéré chez ces êtres en quatre années seulement! Eleparu, nu comme la main, la chevelure emmêlée, le corps souillé d'affreux badigeonnages, couvert de graisse, était en tout semblable aux sauvages qui l'entouraient. Et pourtant! il n'y avait pas à s'y méprendre, c'était bien le même homme qui avait porté avec tant d'ostentation le costume d'un civilisé, d'un bourgeois de condition aisée.

Chez la jeune femme, le contraste était peut-être encore plus sensible et plus choquant. En somme, chez tous deux, le changement était profond, la transformation complète.

Ce retour à la barbarie, si contraire au résultat espéré, produisit sur nos amis l'impression d'une apostasie.

Attristés par un contraste si douloureux, Ned et Henry déploraient la fatalité qui avait pesé sur ces pauvres gens. Il ne fallait pas moins pour les consoler que le revirement opéré dans leur destinée par cette rencontre inattendue. La conduite d'Eleparu leur fit vite comprendre que leur vie et celle de leurs compagnons n'étaient plus en danger.

D'un geste plein d'autorité, le jeune chef apaisa les rebelles, qui se dispersèrent avec une soumission enfantine, ne songeant plus d'ailleurs qu'au festin royal qu'ils allaient faire.

Annaqua procéda au partage du lard. Hommes, femmes, enfants, vieux et jeunes, reçurent d'abord une étroite bande d'égale longueur et de même épaisseur. Après quoi, quelques morceaux de choix furent découpés et mesurés suivant l'importance, l'âge et le sexe des partageants.

Chose étrange! ces affamés, qui avaient failli tuer un homme pour assouvir la faim d'un moment, attendirent patiemment la part qui leur revenait, et la reçurent sans récriminations, dès qu'ils furent assurés de ne pas mourir de faim.

Aucun d'eux ne se permit de mordre dans sa portion tant que la distribution ne fut pas complètement terminée.

Lorsque le signal du festin fut donné, quelle curée! Cependant quelques-uns, plus raffinés, plus délicats, passèrent leur tranche de lard deux ou trois fois dans la fumée pour lui enlever sa crudité et lui donner plus de saveur!

Pendant cette singulière orgie, Eleparu donnait à Ned et à Henry des explications sur les événements qui avaient précédé leur rencontre à Portsmouth et sur ceux qui l'avaient suivie. Il leur apprit que Ocushlu était aujourd'hui sa femme.

Interrogé sur Jemmy, il se contenta de répondre évasivement :

« Oh! Jemmy Button n'est pas de notre tribu. C'est un Tekenicka. L'officier anglais l'a débarqué dans son pays, qui est là-bas, vers l'est. »

De son côté, Ocushlu était en conversation intime avec mistress Gancy et Léoline. Les deux jeunes femmes étaient du même âge, mais quel contraste!

La jeune Fuégienne, elle-même, avait conscience de son infériorité et de sa dégradation. La confusion, la honte, se lisaient sur ses traits. En regardant cette belle jeune fille à la peau blanche, au teint rosé, à la chevelure soignée et lustrée, aux pauvres vêtements dont la propreté était le seul luxe, elle jeta un coup d'œil navré sur sa toilette sommaire, composée d'un petit jupon en peau de phoque. Un soupir gonfla sa poitrine; elle rougit visiblement, et peut-être sa pensée s'envola-t-elle vers l'Angleterre. Ne songeait-elle pas au temps où, écolière à Walthamstown, elle portait une jolie robe et jouissait des bienfaits de la civilisation?

Toutefois la jalousie et l'ingratitude étaient loin de son cœur. Dès qu'elle sut que Léoline était la propre sœur d'un des jeunes gens qui avaient défendu les siens sur la terre étrangère, elle s'attendrit, ses yeux s'emplirent de larmes. Elle retira son précieux collier de nacre, bijou que portent seules les riches élégantes de haut rang, et, d'un geste gracieux, le passa autour du cou de Léoline en lui disant :

« Acceptez ceci en souvenir de ce que votre frère a fait pour nous à Portsmouth. »

Léoline accueillit ce don avec une affabilité charmante, et offrit en échange le fameux fichu rouge qui avait failli lui être enlevé dans une circonstance moins favorable.

Eleparu ne se montra pas moins reconnaissant que sa femme. Ayant aperçu dans le chantier la barque en construction, il devina le projet des blancs et, loin de l'entraver, offrit son concours pour en hâter l'achèvement.

Une semaine plus tard, l'embarcation terminée, roulant sur ses cales, fut lancée à la mer, poussée par une vingtaine de Fuégiens désireux de se montrer agréables aux amis de leur chef.

Le lendemain, les naufragés, dont les outils et les provisions avaient été transportés à bord, s'éloignaient, voile déployée, de cette côte naguère ennemie, au milieu des acclamations amicales des sauvages.

Eleparu, visiblement ému, leur adressait un dernier adieu en leur souhaitant une heureuse navigation, tandis que sa femme, éplorée et tremblante, agitait, au-dessus de sa tête, le fichu rouge de Léoline.

XX

« OHÉ! DU BATEAU! »

LE nouveau canot se comportait admirablement à la mer. Il dépassait en vitesse la baleinière de triste mémoire, dont les avirons, les cordages et la voile avaient été si miraculeusement sauvés.

Sous sa voile, avec un bon vent, l'embarcation filait aisément ses dix nœuds à l'heure. Avant la fin du jour, elle entrait dans ce fameux canal du Beagle sans avoir eu besoin du secours des avirons.

Au coucher du soleil, on se trouvait en face de l'île du Diable, à la jonction des bras sud-ouest et nord-ouest du canal.

Un épais brouillard s'élevait de la mer, et on jugea prudent de gouverner sur l'île pour y passer la nuit, en dépit de son appellation de mauvais augure.

Les naufragés ne furent pas peu surpris d'apercevoir, à quelque distance de la plage, une hutte carrée, de grandes dimensions, qui ne pouvait être que l'œuvre des blancs.

« Il est évident que l'équipage de quelque barque de pêche est descendu ici, dit Seagriff; mais, comme il n'y a pas apparence qu'un phoque ait jamais hanté ce rivage aride, j'en conclus que les gens qui ont construit cette hutte étaient des naufragés comme nous. »

Cette fois, la sagacité de Seagriff se trouvait en défaut.

La hutte n'avait pas plus été construite par des pêcheurs de phoques que par des naufragés. C'était l'œuvre des matelots du navire le *Beagle*, qui avait donné son nom au détroit.

« Quels que soient les constructeurs de ce refuge, dit le capitaine, il ne nous sera pas moins utile. Le toit est solide, et nous n'aurons pas besoin de recourir à notre voile pour confectionner une tente. »

On alluma aussitôt un bon feu à l'intérieur de la hutte, sans craindre d'être trahis par la fumée, tant était dense le brouillard.

Tout en se réchauffant à cette flambée réconfortante, les naufragés s'abandonnaient à la joie d'avoir échappé à leurs ennemis et se livraient à la douce espérance d'arriver bientôt à cette bienheureuse baie du Succès. C'était là leur port de salut, et ils n'en étaient pas à plus de deux cents milles. Si le vent continuait à leur être favorable, ils pourraient l'atteindre en trois jours.

« Oui, disait Seagriff, nous sommes en bon chemin; mais il n'y a pas à se faire d'illusions, nous pouvons avoir à compter avec les Tekenickas.

— Qu'avons-nous à craindre de la tribu de Jemmy Button? demanda Henry. Après l'expérience que nous venons de faire, il y a gros à parier qu'il ne se montrera pas plus ingrat envers nous que ses compagnons.

Un Fuégien se mit à brandir un disque blanc.

— Sachez, monsieur Henry, qu'il y a Tekenickas et Tekenickas. Les uns sont amis des blancs, les autres, appelés Yapoos, sont leurs ennemis jurés. Le tout est de savoir à quelle tribu appartient Jemmy Button.

— Remettons-nous entre les mains de Celui qui nous a sauvés de plus d'un péril, dit le capitaine; il ne nous abandonnera pas. »

La nuit s'écoula paisiblement. Après un sommeil réparateur, les naufragés se rembarquèrent au point du jour par un brouillard épais, mais avec bonne brise.

Vers midi, une éclaircie leur permit de distinguer dans le lointain des fumées qui, disséminées à des intervalles rapprochés, s'élevaient de la surface du canal. Le doute n'était pas possible : c'était une flottille de pirogues, à l'ancre, dont l'équipage était au complet.

Puisqu'on ne pouvait espérer passer inaperçus au milieu de cette ligne de pirogues qui barraient le chenal, il fallait bien courir les risques d'une rencontre. On laissa donc le canot filer à toute vitesse avec l'espoir que les sauvages, absorbés par la pêche, seraient aussi peu belliqueux que le comportait leur pacifique occupation.

L'embarcation ne fut pas plus tôt en vue que les pêcheurs, assis sur le plat-bord et les baux d'assemblage, se levèrent comme un seul homme, en entonnant un concert d'acclamations que répercutèrent les échos du rivage.

Un Fuégien, juché à l'avant de la première pirogue, se mit à brandir au-dessus de sa tête un disque blanc : c'était sa manière d'arborer pavillon.

A mesure qu'ils approchaient, les clameurs devenaient plus bruyantes et plus terrifiantes. Seagriff fit promptement savoir aux naufragés, à leur agréable surprise, que ces cris discordants étaient d'amicales salutations, et que le disque blanc était un signal de paix.

« Ohé! du bateau! amenez votre voile! Ne craignez rien! s'écria l'homme au disque blanc. Je suis Jemmy Button et mes compagnons sont de bons Tekenickas amis des blancs. Vivent nos frères! »

C'était bien Jemmy Button en personne! Ned et Henry n'hésitèrent pas à le reconnaître. Jemmy, de son côté, en s'entendant appeler Orundelico par les hommes blancs, reconnaît Ned et Henry. Il n'attend pas que sa pirogue puisse les aborder; il plonge, la tête la première, et nage vigoureusement vers ses amis.

Parvenu auprès du canot, il s'accroche au plat-bord, s'élance hors de l'eau comme un poisson volant et retombe dans les bras de Chester, qu'il ne quitte que pour s'élancer dans les bras de Ned, s'écriant avec joie :

« Les blancs de Portsmouth! Les blancs de Portsmouth! »

XXI

HOSPITALITÉ DE JEMMY BUTTON

Nous retrouvons encore nos naufragés dans un havre bien abrité, entouré de hautes collines boisées; leur tente est dressée sur la plage et leur embarcation mouillée au fond de la rade.

Cette fois, ils ne sont pas seuls. Une dizaine de pirogues fuégiennes sont échouées sur le sable à droite et à gauche du canot. Autour de la tente s'élèvent plusieurs huttes construites avec de solides troncs d'arbres et dont le toit pointu, recouvert de roseaux et de fragments d'écorce, laisse échapper une colonne de fumée.

Ce sont là les demeures qu'habitent les sujets de Orundelico pendant la saison de la pêche. Les résidences permanentes sont situées dans une île du détroit de Murray, où sont restés les femmes, les vieillards et les enfants.

Pendant leur séjour chez les Ailikolips, les nau-

fragés avaient cru vivre parmi les êtres occupant le
dernier degré de l'échelle sociale; mais les Tekenickas
leur eurent bientôt démontré qu'il existait des créatures plus misérables, plus infortunées, touchant
encore de plus près au type de la brute.

Les peuplades de l'intérieur n'ont pas la férocité
des indigènes des côtes, mais leur intelligence est
inférieure; elles sont moins avisées pour subvenir à
leurs besoins, moins énergiques pour supporter leur
misère abjecte, moins courageuses pour lutter contre
leurs ennemis.

Étonnons-nous donc que le chef d'un pareil peuple
ait subi une métamorphose aussi complète que celle
qu'ont subie Eleparu et Ocushlu!

Le Jemmy Button de la Terre de Feu n'a plus rien
du dandy de Portsmouth! Hélas! il est redevenu
le sauvage Orundelico dans toute l'acception du
terme.

Son costume (ou mieux, l'absence de tout costume)
laisse voir un corps maculé de boue, de graisse, et
sillonné de tatouages. Sa longue chevelure, en broussailles, l'expression animalesque de son visage, tout
atteste qu'il est retombé en pleine sauvagerie. Il ne
reste plus en lui le moindre vestige de l'homme civilisé, rien qui puisse donner à penser qu'il ait jamais
mis le pied hors du détroit de Murray. Toutefois
rendons-lui justice! il n'a pas encore oublié complètement cette langue étrangère qu'il a commencé à
bégayer à bord du *Beagle* et qu'il a parlée pendant
son séjour en Angleterre. Ce qui lui fait plus d'honneur,
c'est qu'il n'a pas oublié non plus la protection que

lui ont accordée, dans un moment critique, des étrangers et des inconnus.

Si le chef des Tekenickas ne peut pas payer fastueusement sa dette de reconnaissance, il cherche du moins à s'en acquitter de son mieux. A force de supplications, il a décidé le capitaine Gancy à passer quelques jours dans ses quartiers de pêche.

La bienveillance n'a pas seule déterminé le capitaine à accepter cette invitation : il désire surtout obtenir ainsi de plus amples informations sur les Yapoos, et il espère trouver le moyen de renouveler ses vivres, les provisions fournies par Eleparu étant alors défraîchies et tout au plus bonnes pour des chiens.

Jemmy Button traite donc ses hôtes avec toute la générosité que lui permettent ses ressources. Il les régale de viande fraîche, luxe de table qui leur est inconnu depuis longtemps.

Les Tekenickas sont aussi bien chasseurs que pêcheurs, et vers le nord, le pays abonde en *guanacos*, espèce de vigogne qui leur est fort utile : la chair les nourrit, la peau leur fournit des vêtements. Un détachement de la tribu est en expédition à la chasse de ce timide gibier, et nos voyageurs attendent le retour des chasseurs pour se mettre en route.

Pendant ce temps, Jemmy Button emploie toutes les ressources de son esprit pour rendre son hospitalité aussi agréable que possible. Il entretient ses hôtes des mœurs et coutumes étranges de son pays ainsi que des phénomènes naturels particuliers à la contrée.

« Nous autres Tekenickas, dit-il, nous sommes

gens pacifiques, qui ne combattons que pour la défense
de nos foyers. Nous n'allons en guerre que contraints
et forcés, lorsque des pillards, tels que les Ailikolips
et les Yapoos, veulent nous rançonner trop durement
ou que les redoutables Œnsmen tombent sur nous
à l'improviste.

« Ces Œnsmen, nos ennemis les plus à craindre,
habitent la partie septentrionale du canal, au delà de
la chaîne de montagnes qui le bordent. Ce sont de
véritables géants qui font de leurs bolas une arme
terrible qu'ils excellent à manier. Exclusivement
chasseurs, ils ne construisent pas de pirogues. Lorsqu'ils ont besoin de traverser le Beagle, ils mettent
en réquisition les canots des Yapoos, qu'ils contrai-
gnent à leur servir de pilotes et de rameurs.

« Nous avons souvent à souffrir de leurs incursions
au moment des grandes chasses et des grandes pêches,
car il faut que vous sachiez que, outre le guanaco et le
phoque, nous chassons la loutre de mer et le myo-
potame, espèce de castor de l'Amérique du Sud. La
chasse de la loutre se fait en pleine mer avec l'aide
de nos chiens, qui sont admirablement dressés à cet
exercice. Ils forcent l'animal, le cernent et l'enferment
dans un cercle qui va toujours se rétrécissant; plongeant quand il plonge pour l'empêcher de franchir
leur ligne de circonvallation.

« Pour la pêche, nous n'employons ni flèches ni
harpons, ni crochets, ni hameçons, mais un simple
morceau de phoque attaché à l'extrémité d'une ligne
de crin. Lorsque le poisson mord à l'appât, nous
l'amenons tout doucement à la surface, contre la

pirogue, et nous le saisissons de la main gauche avant qu'il ait eu le temps de se dégager.

« La chasse au guanaco ne nous donne pas plus de peine. Nous grimpons sur une branche d'arbre surplombant la voie fréquentée par ces animaux, qui ont coutume de se suivre à la file. A l'affût, dans une sorte de nid qu'il s'est construit avec des broussailles et de la mousse, le chasseur attend le moment où, un guanaco passant à sa portée, il peut le transpercer de son harpon garni d'un os aigu. »

Le capitaine, au nom de ses compagnons, remercia Jemmy Button de tous les détails intéressants qu'il leur donnait de si bonne grâce, en ajoutant que Eleparu s'était, sur ce point, montré plus réservé à leur regard.

« Oh! cela ne m'étonne pas! réprit Jemmy, Eleparu est un méchant homme. Lorsque l'officier anglais nous a débarqués ensemble à Woolya, il me vola tous mes vêtements, tous mes effets, tous mes outils. Eleparu n'est qu'un Ailikolip! un vil mangeur de lard de baleine! »

Les naufragés eurent quelque peine à dissimuler leur envie de rire, en entendant parler avec un tel mépris d'un mangeur de lard, par un homme qui était justement en train de dévorer à belles dents une tranche de phoque cru.

Ce ne sont donc pas seulement les nations civilisées, mais encore les plus misérables peuplades qui se targuent de supériorité sur leurs voisins!

Bien qu'émus encore de reconnaissance pour les bons offices d'Eleparu, les naufragés furent chagrinés

12

d'apprendre sa conduite indélicate envers le pauvre
Button et regrettèrent de ne pouvoir dédommager
celui-ci. Ils comprenaient maintenant la réserve
qu'Eloparu avait gardée sur ses relations avec Orundelico, et cette réserve leur confirma la vérité du
récit de Jemmy.

Le jeune chef ne manqua pas de présenter aussi sa
femme à ses hôtes en leur disant que son premier-né,
resté au campement, était une petite fille dont les
grâces naissantes promettaient d'égaler celles de sa
mère.

Or il se trouva que Mme Orundelico ou mistress
Jemmy Button, comme il plaira, était tout simplement un affreux laideron que, seule, l'affection de son
mari parait de charmes fictifs. Toutefois cette jeune
femme, d'un aimable caractère et aussi généreuse
qu'Ocushlu, s'ingénia de tout son cœur à bien traiter
les amis de son mari.

En dépit d'un si bon accueil, les naufragés, impa-
tients de continuer leur route, entendirent avec un
joyeux battement de cœur les acclamations qui annon-
çaient le retour des chasseurs. Ceux-ci leur apportaient,
en même temps que leur congé, un superbe quartier
de guanaco, qui fut reçu avec enthousiasme.

Les informations recueillies sur les Yapoos, de la
bouche même de Jemmy Button, les représentaient
comme des êtres sans foi ni loi.

Le capitaine et Seagriff résolurent, en conséquence,
d'éviter leur territoire en sortant, par l'est, du détroit
de Murray.

Le petit bras de mer dans lequel ils se trouvaient

était situé à l'ouest, tout à l'entrée du détroit, et ils n'avaient qu'un cap à doubler pour s'y engager. Une brise d'est favorisait justement ce projet, qu'on mit sur l'heure à exécution.

En un instant la tente fut pliée et les provisions furent embarquées.

Les adieux étaient faits, on s'était, de part et d'autre, souhaité mille et mille prospérités, les passagers allaient prendre place dans le canot, quand tout à coup Orundelico, profondément ému, s'écria terrifié : « Les Yapoos! grand Dieu! les Œnsmen sont avec eux! »

Le capitaine, ayant recours à sa lunette, distingua en effet une flottille de pirogues qui se détachaient de la rive opposée du canal, pointant droit sur la baie. Deux espèces d'hommes absolument différents de taille, d'aspect, de visage, montaient ces pirogues. Les uns semblaient des géants, les autres des pygmées.

Les premiers, vêtus d'amples manteaux de fourrure percés au milieu d'un trou par lequel passait leur tête, se tenaient debout, drapés comme dans une toge.

Les autres, absolument nus, mais peints de diverses couleurs, manœuvraient les pagaies.

Les pirogues, accouplées au moyen de courroies, formaient des sortes de radeaux à double quille; ce qui, en élargissant leur base, leur donnait plus d'assiette sur l'eau. On pouvait supposer que les gigantesques hommes, habitants de la terre ferme, n'avaient pas voulu confier leurs précieuses personnes à une seule de ces légères et vacillantes embarcations.

« Seigneur! Seigneur! gémissait Orundelico, trem-

blant de la tête aux pieds, les Œnsmen! les Œnsmen!
Si nous restons ici, ils vont tous nous massacrer sans
pitié; fuyons! escaladons la colline! allons nous cacher
dans les bois. »

A ce nom terrifiant d'Œnsmen que, dès l'âge le
plus tendre, on leur a appris à redouter, les hommes
et les femmes se ruent dans les huttes et en tirent à
la hâte leurs objets les plus précieux, qu'ils emportent
en précipitant leur fuite.

Orundelico était resté seul avec les blancs, et bien
contre son gré; mais les lois de l'hospitalité ne lui
permettaient pas de les abandonner. Pour tout con-
cilier, il sollicite ses hôtes de fuir avec lui aussi vite
que possible.

« Venez, venez, répétait-il effrayé jusqu'à l'égare-
ment, les Œnsmen sont cent fois plus cruels que les
Ailikolips. Ils ne laisseront pas échapper un seul
d'entre vous. Suivez-moi, je vous conduirai au plus
profond de la forêt; là vous serez en sûreté.

— Et notre canot? dit le capitaine en consultant
Seagriff du regard; si nous l'abandonnons, le retrou-
verons-nous?

— Certes non! Ces gens-là ne viendront ici que
pour faire une rafle complète. Moi, je ne partage pas
l'avis de Jemmy Button qui nous propose de nous
sauver ainsi que des lapins à travers bois.

— Je ne goûte guère non plus sa proposition. Mais
nous devons penser que nous avons charge d'âmes,
répliqua le capitaine; si nous restors, quel sort attend
ma femme et ma fille?

— Soyons expéditifs, capitaine, j'affirme que nous

pouvons sortir de cette baie avant d'être traqués.
Si nous réussissons à doubler le cap, nous sommes
sauvés....

— Oui, si nous réussissons !

— Nous n'avons pas d'autre issue.

— En effet, comment fuir par terre avec ces deux
pauvres femmes exténuées de fatigue ? Non ! nous
sommes des marins, la mer est notre seule route !

— Oui, oui ! s'écrièrent Ned et Henry, risquons
tout plutôt que de perdre notre précieux canot. »

Jamais équipage ne fut plus promptement embarqué.
Quant à Orundelico, aussi pressé de partir que ses
hôtes, il tourna les talons et disparut à travers les
taillis avec l'agilité d'un écureuil.

XXII

L'EMBARCATION pirouetta sur elle-même ainsi qu'une toupie ; son avant fendit l'eau, et les quatre rameurs la firent bondir plutôt que glisser sur l'eau.

Au moment où elle allait sortir de la baie, les pirogues s'espacèrent pour lui intercepter le passage.

Les géants, se dépouillant des manteaux de peau qui les enveloppaient, découvrirent leurs larges épaules et leur torse semblables à ceux de colosses de bronze. Chacun d'eux tenait à la main deux petites balles de pierre de la grosseur d'une orange, fixées aux deux extrémités d'une longue lanière. C'étaient les fameuses *bolas*, qui, en apparence inoffensives, sont, dans la main de tout Pampéen, un engin de guerre ou de chasse des plus redoutables.

Les Œnsmen les faisaient tourbillonner au-dessus de leur tête, prêts à les lancer sur leurs adversaires dès qu'ils seraient à portée. La justesse de leur coup

d'œil n'est pas moindre que leur dextérité. Ils lancent
les boules sur leurs ennemis ou sur leur proie avec
une adresse consommée et les frappent toujours à
l'endroit désigné. La victime, étourdie ou blessée,
se trouve étroitement garrottée et tombe pieds et
poings liés au pouvoir de son bourreau. Les fugitifs
épiaient tous les gestes des Œnsmon, redoublant
d'efforts pour se mettre hors d'atteinte. Le gouvernail,
habilement manœuvré, fait virer de bord l'embarcation, qui sort de la baie et s'engage enfin dans le canal.

Ned et Henry abandonnent un instant les avirons
pour donner de la toile, car la brise est favorable et
augmenterait prodigieusement leur vitesse. Un sifflement aigu passe au-dessus de leurs têtes. Une bola,
sans les atteindre, enroule sa lanière autour de la
voile avec la force prodigieuse que lui ont imprimée
son poids et son mouvement de rotation.

La voile se trouve instantanément enroulée autour
du mât, et ficelée solidement. Tout semble perdu.

Quel espoir d'échapper à la poursuite, maintenant
que la voilure est hors de service et que deux avirons
sont immobilisés?

Mais patience! Nos naufragés n'ont-ils pas pris
depuis longtemps pour devise cette maxime : « Aide-
toi, le ciel t'aidera »?

Avec un sang-froid admirable, prompt comme
l'éclair, Henry Chester s'élance après le mât, le couteau levé, et, d'un coup vigoureux, tranche le nœud
fatal.

Le brave Ned, qui n'avait pas lâché les drisses,
hisse la voile, que le vent gonfle aussitôt.

Des voix joyeuses les acclament.

Tel qu'un coursier ardent dont l'impétuosité est d'autant plus grande qu'elle a été plus contenue, l'embarcation, dégagée de ses entraves, prend un nouvel essor et s'éloigne en dansant sur les vagues comme pour narguer les sauvages désappointés et furieux.

Ce fut le dernier péril sérieux que les naufragés eurent à courir.

Protégés par la main de Dieu, ils arrivèrent enfin sains et saufs dans la baie du Succès vers le milieu du troisième jour. Leurs yeux se mouillèrent, leurs cœurs bondirent en apercevant un navire à l'ancre.

Seagriff donna cours à toute sa joie en reconnaissant un bâtiment de pêche sur lequel, quelques années auparavant, il avait croisé dans les détroits de la Terre de Feu.

Une joie plus grande était réservée à nos amis.

En approchant du baleinier, ils voient, se balançant à ses côtés, un grand canot à l'arrière duquel se lit le nom de *Calypso*.

Des voix joyeuses les acclament; et, levant les yeux, ils aperçoivent au-dessus de la lisse de bord des figures de connaissance. Ce sont celles du brave timonier Lyons et de ses neuf compagnons qu'ils avaient cru ne jamais revoir!

Des mains amies se tendent vers les naufragés et les hissent à bord. Nos braves gens, miraculeusement sauvés, exhalent avec effusion leur joie et leur reconnaissance.

De part et d'autre on se raconte les péripéties de ce drame douloureux; mais les aventures des matelots du grand canot n'étaient pas comparables aux périls courus par les gens de la baleinière.

Ceux-ci surtout pouvaient adresser de véritables actions de grâces au capitaine Fitzroy. En ramenant chez eux les trois Fuégiens qu'il avait voulu civiliser, le noble officier s'était dit :

« Qui sait si ma tentative sera perdue? Qui sait si quelque jour les enfants de Jemmy Button et d'Eleparu, inspirés par des sentiments chrétiens, mus par l'amour du prochain que leur ont enseigné les blancs, ne se feront pas un devoir de secourir les pauvres naufragés et de les traiter avec humanité? »

Cette prédiction de bon augure s'accomplit plus tôt que ne l'avait espéré son auteur. Sans l'acte philanthropique du capitaine Fitzroy, le capitaine Gancy, sa famille et ses chers compagnons seraient morts privés de sépulture dans quelque coin perdu de la « Terre de Feu ».

TABLE DES CHAPITRES

Coulommiers. — Imp. PAUL BRODARD. — 194-96.